dear+ novel
ryuu wa muku na utagoe ni koi wo suru・・・・・・・・・・・・・・・

竜は無垢な歌声に恋をする

名倉和希

新書館ディアプラス文庫

竜は無垢な歌声に恋をする

contents

CHARACTERS
RYUU WA MUKU NA UTAGOE NI KOI WO SURU
シリル・オーウェル
竜人族。自然界では目立つ
白銀の竜体を持つため、
王都でアゼルたちに
育てられる。
レヴィ・フレイン
サルゼード王国ソーウェル村在住。
子供の頃、大火事で
両親を亡くす。

アゼル
竜人族の王の末子。
ランドールと血の絆を結ぶ。
竜体時は灰青色。
ランドール・オーウェル
サルゼード王国の将軍。
アゼルの血の絆の相手。
アラン
竜人族の王弟。アゼルの叔父。
エリアスと血の絆を結ぶ。
竜体時は黒色。
エリアス・ホルスト・コーツ
コーツ王国の元王子。現在はサルゼード
王立楽団員兼音楽学院教師。
アランの血の絆の相手。
*ランドールとアゼルの恋は「竜は将軍に愛でられる」、
アランとエリアスの恋は「王子は黒竜に愛を捧げる」をお読みください!

illustration：黒田 屑

竜は無垢な歌声に恋をする
ryuu wa muku na utagoe ni koi wo suru

その夜は強い風が吹き、雨が降っていた。

しっかりと閉じられた窓が、吹きつける風雨にカタカタと音を立てている。大将軍ランドール・オーウェルの屋敷は頑丈《がんじょう》で、隙間風ひとつ吹きこまない。雨漏りもしない。

とはいえ、長い夜は持て余す。晴れていれば月見や夜の庭園を散歩するのだが、悪天候ではどうしようもない。

「ランディ、今夜はもう寝ましょうか」

することもないので、アゼルは伴侶《はんりょ》を寝室に誘った。赤々と燃える暖炉《だんろ》の前で寛《くつろ》いでいたランドールは、「そうだな」と立ち上がる。

「こんな夜はゆっくりとおまえを可愛《かわい》がるのが一番だ」

逞《たくま》しい腕にするりと腰を抱かれて、アゼルは白い頬を赤く染めた。「一昨日《おととい》にしたばかりですよ」と俯《うつむ》く。さらりと流れた灰青色の髪に、ランドールがくちづけた。

「私はいつだって最愛の伴侶を可愛がりたいと思っている」

「もう三十年以上もたつのに？」

「まだ三十年だ」

二人がいっしょに暮らしはじめてから正確には三十五年がたつ。

「おまえは変わらないな」

「あなたこそ」

二人は微笑《ほほえ》みあって、そっと唇を重ねた。

アゼルはもともと寿命が長い竜人族なので、実年齢が五十五歳には見えない若さと美貌《びぼう》を保っている。ランドールは七十歳になったが、外見年齢は四十歳ほどにしかならず、まだまだ若々しい。筋骨隆々とした逞しい体にまったく衰《おとろ》えは見られず、大国サルゼード王国の大将軍の任に就き続けている。竜人族の中でも特殊な色を持って生まれたアゼルの力が、ランドールの体に影響を与えていた。

居間から寝室に移動しようとしたとき、扉が控《ひか》えめにノックされた。屋敷の執事が顔を出し、急な来客を告げる。

「こんな時間に客?」

「王都の警備兵とアラン様です」

アゼルとランドールは顔を見合わせた。なにか事件が起こったのだ。

急いで正面玄関へ行くと、玄関ホールにびしょ濡れのアランと警備兵がいた。警備兵はなにか大きなものを抱《かか》え、屋敷の使用人たちに布で髪を拭《ふ》かれたり外套《がいとう》を脱がされたりと、世話を焼かれている。

「アラン、なにかあったのか?」

ランドールが声をかけると、長身でがっしりとした体格のアランが、浅黒い顔を上げた。アランはアゼルの叔父で、竜人族だ。五年前に人間の伴侶を得て、この国に住み着いた。現在は騎士となり、ランドールの配下にいる。

「とんでもないものが届けられたぞ」

そう言いながら、かたわらに立つ警備兵が抱えるものを指さした。アランに促《うなが》され、警備兵がそれを床に置く。濡らさないようにくるんでいた外套を外した。中から籐《とう》で編まれた籠《かご》が現れる。

「とんでもないもの？」

アゼルとランドールが歩み寄ると、警備兵が籠の蓋《ふた》をずらした。中身は木の葉だった。いや、防水のために木の葉が置かれているだけで、その下には布の塊《かたまり》があった。

木の葉に紛《まぎ》れて、畳《たた》まれた紙があることに気付く。染みだらけの古びた紙は、よく見ると便箋《びんせん》だ。それを取り出し広げてみると、かろうじて判読できるほどに乱れた大陸公用語が並んでいた。

「手紙だ」

その文字を目で追おうとして、籠の中の布の塊がもぞもぞと蠢《うごめ》いていることに気付いた。

「キュー」と微《かす》かな鳴き声が聞こえ、アゼルはハッとする。

「この雨の中、竜が城壁に飛来して、これを置いていった。暗くて体の色とか顔はよく見えなかった。俺の知っている奴《ヤツ》かどうかはわからない。だが俺とアゼルがこの街にいると知っていて、運んできたのはまちがいない」

アランが木の葉を退け、布をめくる。アゼルは息を止めて見つめた。

「ああ……なんてこと……」

布の下から頭をもたげたのは、水色の瞳と白銀色の鱗《うろこ》を持つ、てのひらにおさまるほどの、小さな小さな竜だった。

◇

カーン、カーンと正午を知らせる鐘が、王都マクファーデンに鳴り響いた。

晴れ渡った秋の空を見上げ、シリルは「時間だ」と呟く。深夜から正午までの王都警備勤務が終了したのだ。

となりでさっきから欠伸《あくび》を噛み殺していたフリップが、鞍《くら》の上で両手を天に突き上げ、伸びをした。

「あー、やっと終わった。もう眠くてかなわん。宿舎に戻って早く寝たい」

「フリップ、みっともないことをするな。まだ市中だぞ。人目がある。騎士として――」

「はいはい、民の手本となるように律《りっ》しろって言いたいんだろ。でも夜勤はキツいぜ。どうしておまえは涼しい顔をしていられるんだ」

注意したそばからだらしなく馬の首にもたれ掛かるようにしたフリップを、シリルはその水色の瞳で睨《にら》んだ。

「きちんと仮眠を取ってきたからな。おまえのように寝る間も惜しんで宿舎の談話室で同僚とカード遊びなどしない」

「ああ、そうだな、品行方正で自分に厳《きび》しいシリル様はいついかなるときも任務優先で、庶民的なカード遊びなんかしないいんだよな。どうせ俺は曾祖父《ひいじい》ちゃんの代まで平民でしたよ」

「それを言うなら私は、秘境の山奥生まれだ」

「そんなこと、この国のだーれも気にしてないって。二歳のときから王都で暮らしているんだから。いまのおまえは由緒《ゆいしょ》正しい天下の大将軍の息子なんだよ」

フリップが呆《あき》れた口調で、「にわか貴族の俺とはちがう」と言った。

それを否定せず、シリルは目を伏せる。しかしすぐに顔を上げた。勤務終了の時刻にはなったが、まだ市中だ。騎士服をまとい騎乗しているのに、王都の民たちに元気なく俯いた様子を見せられない。シリルには立場というものがあった。

案の定《じょう》、通りすがりの女性たちから黄色い声をかけられる。

「シリル様だわ、なんて凛々《りり》しくて素敵なの」

「あの白銀色の髪、眩《まぶ》しいくらいね」

「シリル様、おつとめご苦労さまです！」

「シリル様！」

名前を連呼されて手を振られては無視できない。シリルはちらりと視線を向けて、会釈《えしゃく》して返した。とたんに女性たちが「キャーッ」と歓喜の声を上げる。

「いつものこととはいえ、おまえの人気はすごいな。だーれも俺なんて見ていない」

通り過ぎてからフリップが愚痴《ぐち》るが、国中に顔を知られている状況がいいと思ったことは一度もない。子供のころ、平凡な茶髪黒瞳のフリップが羨《うらや》ましかった。

希少種である竜人族として生まれたシリルは、二歳のときにオーウェル家の養子になり、おなじ竜人族のアゼルに育てられた。

二十年前の嵐の夜、一体の竜が子竜を入れた籠をくわえて飛来したそうだ。添えられていた手紙を、シリルは九歳のときに読んだ。

自分が養子であることは知っていたが、実の両親はなぜアゼルに託《たく》したのか、不要な子供だったのか、疑問に思うようになったからだ。

アゼルに尋ねたら、手紙を渡された。実の父親が書いたと思われる、二歳のシリルとともに籠に入れられていた手紙だ。年齢に応じた教育をきちんと受けていたシリルは、文字の読み書きはもうできるようになっていた。

手紙の字は乱れていた。子竜の名前がシリルであること、生後二年になること、稀《まれ》な色で生まれたためか虚弱《きょじゃく》で、村人から守りながら夫婦二人でこれ以上育てるのは困難であることが綴《つづ》られていた。

どうかアゼルに育ててほしい、ひどい親だと責めてくれていいからシリルを頼む、と締めくくられていた。

『稀な色とは、なんですか？』

シリルの素朴《そぼく》な疑問に、アゼルが「わからないよね」と苦笑した。

『竜人族は竜体になったとき、だいたいが暗い色の鱗なんだ。アランは黒いだろう。深緑色だったり、焦茶色だったりが、大多数でね』

『アゼルは灰青色です』

『私やシリルの色の方が、じつは珍しいんだ。ほら、白っぽい色だと自然に溶けこめないだろう？』

『……だから育てにくかったんですね』

『二歳まで、両親は頑張ったんだよ』

俯いたシリルをそっと抱き寄せて、アゼルは頭を撫《な》でてくれた。

『嵐が過ぎ去ったあと、アランが竜人族の村に行ってくれたんだ』

二十年前の、その後――。

アランはシリルの両親を訪ね、直接話を聞いた。シリルの母親は心労のあまり病に倒れ、竜体に変化《へんげ》することができなくなっており、人間の姿で寝付いていた。父親も疲れ切っており、アランは養育困難だと判断した。

『お母さんは泣いていたそうだよ。いつか会いにいけたらいいね』

アゼルが優しくそう言ってくれて、九歳のシリルはすこし泣いた。

シリルはアゼルが責任を持って育てることになり、三歳になるまえにオーウェル家の正式な養子となった。

その経緯《けいい》は国民すべてが知っている。当時の国王ヴィンスが、三人目の竜人族の存在を公《おおやけ》にしたからだ。竜人族は希少な存在のため、隣国と奪い合いになったこともあるらしい。竜一頭で数千の兵力にも勝るのだから当然だろう。

シリルはなかば公人として育った。

十歳になったころから国の公式行事に参加させられ、義父のうしろで礼儀正しく前を向いていることを望まれた。そしてときには、アゼルやアランとともに、竜体となって空を飛んでみせた。

見世物のようだと感じたことはある。けれど先人のアゼルとアランはそうした扱《あつか》いに納得して従っているし、養父のランドールの立場も考えると、逆らうことは考えられなかった。

おかげでシリルは王家からの信頼も厚く、第二王子リンフォードが二十五歳になる五年後には、主従の「血の絆《きずな》」を結ぶことにもなっていた。

将来的には国軍の重職に就くだろうと目《もく》されていることも知っている。そのとき自分にそれだけの度量があり、周囲が望むのであれば、ありがたく役職に就こうと思っていた。

なにも憂《うれ》いなど抱《いだ》く必要はないのに、ときおり胸が塞《ふさ》ぐ。ふとしたおりに、なにもかもが虚《むな》しく感じるのだ。

生活は安泰、仕事は充実している。アゼルやランドールとの関係はいい。同僚や友人にも恵まれている。直接の上司はアランなのでたまにやりにくいことはあるが、おおむね不満はない。

それなのに、なぜ虚しいのか。

シリルは空を見上げた。澄んだ青い空と、薄くたなびく白い雲。鳶《とび》だろうか、一羽の鳥が視界を斜《なな》めに横切っていった。

飛びたい、という衝動が、身の内から突き上げてくるときがあった。なにもかも放り出して、解放されたい――。

「宿舎で寝るのもいいが、ちょっと遠出して草の上に寝転がるのもいいかもなぁ」

フリップが唐突にそんなことを言った。振り返ると、笑顔を向けられる。

「遠乗りに行こうぜ」

だれよりもシリルのことを理解してくれている友人は、だれよりも心情を読むのがうまかった。

シリルはいったん騎士の宿舎に戻って荷物を取ってくると、フリップとともに愛馬で王都を出た。酪農《らくのう》・田園地帯を駆け抜ける。一刻ほど駆ければ、低い山がいくつか連《つら》なる地帯に着く。王都とは反対側の山の斜面にまわり、二人は馬を降りた。

近くの木に馬の手綱《たづな》を結ぶと、シリルは騎士服を脱いだ。フリップはさっそく日当たりのいい場所を選んで寝転んでいる。

シリルは全裸になり、深呼吸した。目を閉じて竜体になった自分を想像する。すぐに体の芯が熱くなり、数瞬後には竜になっていた。

目線が一気に高くなる。フリップと馬がてのひらに乗るほどに小さくなった――いや、シリルの方が大きくなった。

「あいかわらず、白銀色の鱗がきれいだな。キラッキラしてるぜ」

フリップが笑いながらそう言った。

（ありがとう）

竜体になると人語は発せない。目でフリップに語りかけ、用意してあった布袋を前足に持つとシリルは翼をはためかせた。強い風が起こり、周囲の落ち葉を巻き上げる。フリップが「行ってらっしゃーい」と手を振るのを見下ろし、シリルは一気に空へと舞い上がった。

シリルの息抜きは、こうして竜体となって空を飛ぶことだ。

自由に空を飛んでいると、自分は竜人族なのだと実感する。開放感がすさまじい。このままどこか遠くへ飛んでいってしまいたい誘惑に駆られた。

本当の両親と竜人族の仲間たちは、いまでも秘境で暮らしている。彼らは一日のほとんどを竜体で過ごし、話をするときだけ人間の姿になるらしい。竜体でいれば暑さ寒さに強いので、家を持たず、山の洞穴で竜体のまま丸まって寝ると聞いた。食糧《しょくりょう》はみずから小動物を狩ったり、木の実を摘んだりする。野生の獣《けもの》のように。

二歳のときから王都で暮らすシリルには想像もできない生活だ。自由への憧《あこが》れはあるが、おそらくそんなふうには暮らせない。

それに、愛情をもって育ててくれたアゼルを悲しませ、いまも馬とともに待ってくれているフリップを裏切ることは考えられなかった。

風を切り、人目につかないよう、できるだけ高い位置を飛ぶ。白銀の竜といえばシリル、と知れ渡っているからだ。

姿を目撃されると騒ぎになってしまう。騒ぎになれば人の口から口へと伝わり、そのうち王都に届く。勤務外の時間になにをしていても本来は自由で、よほどのことをしでかさないかぎり咎《とが》められはしないが、上司のアランがなにかとうるさかった。部下としてあずかっているシリルの素行が悪くなることを心配しているらしい。

アランはランドールに頭が上がらない。竜体時は巨大な黒竜になることができ、いくら大国とはいえ人間の軍隊に負けないだろうに。

アランの伴侶であるエリアスとこの国で暮らすようになった経緯《けいい》に関係しているらしいが、

詳《くわ》しいことは聞いていなかった。

シリルはエリアスが好きだ。笛の名手で、王立楽団の団員だった。四十歳を過ぎたいまは楽団員の活動のかたわら、王立音楽院で教師をしている。

（ああ、またなにか聴きたいな……）

シリルは音楽が好きだ。残念なことに自分には音楽の才能がなかった。ひととおり学んだが、まったくダメだった。

王立楽団は定期的に演奏会を開く。毎回欠かさず聴きに行くシリルはよい観客だと自負している。それとはべつになにか楽曲を聴きたくなると、シリルは教会へ足を運ぶ。神に祈るのではなく、オルガンの音色や合唱団の賛美歌に耳を傾けるのだ。それもシリルの息抜きのひとつだった。

（こんどの休みは、教会へ音楽鑑賞に行こう）

胸を塞《ふさ》いでいた憂《うれ》いがずいぶんと軽くなり、戻ったあとのことが考えられるようになっていた。

考えごとをしながら飛んでいたら、ずいぶんと遠くまで移動していることに気付いた。それほど疲れは感じないが喉が渇《かわ》いた。前足で摑んでいる布袋には、そうしたとき用の水筒と人間の姿になったときのための服が入れてある。すこし休憩《きゅうけい》しようかと、シリルは降りる場所を探した。

眼下に村が見えた。百軒くらいの民家の集落が五つ。その中心に教会がある。王都郊外によくある形態の村だ。街道からはすこし外れているので宿場町ではなく、農業と酪農で生計をたてているようだった。

この規模だと住民は二千五百から三千人といったところだろうか。サルゼード王国では、小規模な集落だ。それにしては立派な教会が建っているな、とシリルは感じた。

近くには広い森が広がっていた。村の人間に見つからないよう、その森の中にこっそり降りることにする。降下していくと森の中に開けた場所があるのを見つけた。

できるだけ翼の音がしないように木々のあいだを縫《ぬ》って着地する。すぐに人間の姿になり、布袋から取り出した服を着た。

生地がごわごわとしていて肌触りが悪い。王都の古着屋でフリップが調達してきた、使い古しの騎士服だ。息抜きで出かけるとき、服装は庶民的なものにした方がいい、というフリップの助言を取り入れた。

たしかに自分の騎士服は目立つ。一目で正体がバレるだろう。ランドールが王都一の仕立屋に依頼して誂《あつら》えてくれた一級品だからだ。

シリルはその場に腰を下ろし、水筒の中身で喉を潤《うるお》した。

ふう、と一息ついたところで、かすかに歌声が聞こえた。細く高く、賛美歌のような旋律《せんりつ》が耳に届く。

「こんな森の中で、人が歌っているのか？」

シリルは常人の何倍も聴力が発達している。耳をすますと、やはり人の歌声だ。少女の声にしては若干《じゃっかん》低音だが、大人の声でもない。性別がわからない不思議な響きだった。

気になったので声がする方へ行ってみることにした。布袋の中から古道具屋で購入した剣を取り出す。自分の剣は、騎士服とおなじくランドールから贈られた名工の手による逸品《いっぴん》で、鞘《さや》には宝石が埋めこまれていた。一介《いっかい》の騎士には持てないものだ。

息抜きの外出用に買った、ないよりはマシという剣を腰に佩《は》き、声を頼りに森の中を進む。すると上空から見下ろしたときに発見した、すこし開けた場所に出た。

そこは墓地だった。石や木でできた墓標《ぼひょう》が、いくつも立っている。二百以上はあるだろうか。

その中央あたりに、人がいた。蜂蜜《はちみつ》色の緩《ゆる》くうねった髪を肩で揺らしている小柄《こがら》な人物が、俯きがちに賛美歌を口ずさみながら墓に花を供《そな》えている。花はどこにでもありそうな、野の花だった。

少女だろうか、少年だろうか。身に纏《まと》っているのは、遠目でもわかるほど粗末なものだ。腕一杯に抱えた野の花を、その子は数本ずつ、順番に墓の前に置いている。

澄んだ歌声は美しく、儚《はかな》げで、どこか心を打つものがあった。

シリルはふらりと墓地に足を踏み入れる。少女が振り向いたら姿を見られ、騒がれるとわかっていたが、一言でいい、澄んだ歌声に賛辞を贈りたかった。

墓地は訪れる人があまりいないとわかるほどに荒れていた。周囲は雑草が生《お》い茂《しげ》り、墓標は傾いている。しかしあの子がこうしてたびたび花を手向《たむ》けに来ているようで、墓と墓のあいだは獣道《けものみち》のように雑草が生えていなかった。

「きれいな歌声だ。教会の聖歌隊に所属しているのか？」

声をかけたとたん、その子はビクッと全身を揺らして口を閉じた。俯いたまま動かない。無造作に伸びた蜂蜜色の豊かな髪が、顔を隠していた。

「君はいつもこうして墓に花を供えているのか？　もしかして墓守を請《う》け負《お》っている？」

なにも答えない。警戒しているのだ。森の向こうにある村に住む子なら当然だろう。あの規模の集落ならば、住人はすべて顔見知り。宿場町ならいざ知らず、見知らぬ男に声をかけられて愛想よく返事などできない。

とりあえず警戒を解いてもらうためには、自分の顔を見てもらうしかない。どれほど辺鄙《へんぴ》な場所の村人でも、大将軍の養子である竜人族シリルのことは知っているだろう。

「突然声をかけてすまない。驚かせるつもりはなかった。こちらを向いてくれないか。通りすがりに君の歌声を耳にして――」

おずおずとこちらに顔を向けた子供を見て、シリルはハッとした。その小さな顔の左半分は赤黒く変色し、醜《みにく》く引き攣《つ》れていた。左目がどこにあるのかわからない。火傷《やけど》の痕《あと》だ。

右顔面に火傷はなく、右目はちゃんと開いていた。しかし視線がどことなくずれている。瞳の色は緑色……だろうか。白く濁《にご》っているのでよくわからない。すっと通った鼻筋と、ぽてっとした感じの可憐《かれん》な唇、蜂蜜色の髪が魅力的なだけに、左顔面の火傷が哀《あわ》れだ。

近くで見ると、少年だとわかる。十二、三歳くらいだろうか。

日に焼けた肌はかさかさとして、潤いが感じられなかった。服から出ている部分——首や手、足のすねが細すぎる。この子の生活が貧しいのだと察した。

「……騎士さま？」

右目を何度か瞬《しばた》かせ、少年が細い声で呟いた。

「騎士だと、わかるのか？」

「その服装と……あと、腰に剣を下げていますよね？」

「私の顔は見えているのか？」

ううん、と少年は首を横に振った。

「背が、とても高いですね。頭がキラキラして見えるから、髪は金色ですか？　胸に勲章《くんしょう》は……ないです。騎士さまは、もしかして平民出身ですか」

どうやら右目はかろうじて見えている、という程度のようだ。シリルがシリルであることがわからない。もしかしたら三人目の竜人族のこと自体、知らないのかもしれない。

「騎士さまが、どうしてこんなところにいるのですか？」

「巡回中《じゅんかいちゅう》だ」

「村の中でなら一度か二度見かけたことがあるけど、ここではじめてです。ぼくのこと、叱《しか》りに来たの？」

少年は肩を竦《すく》め、抱えていた野花をぎゅっと握った。

「どうして君を叱らなければならない？」

「だって……勝手に花を供えていたから」

「私は君のきれいな歌声に誘われて、ここまで来た。褒《ほ》めようと思っただけで他意はない」

「褒める？　ぼくを？」

「私は歌が好きなんだ。歌を聴きたくなったら教会まで出向いて、聖歌隊の賛美歌を聴くくらいにね」

「ああ、だからさっき聖歌隊って……。きれいな歌声って言ってもらえて、嬉しいです。褒められたのははじめてです」

ちょっとはにかんだ表情が可愛い。

「はじめてなのか？　とても上手《じょうず》だし、いい声だと思ったのだが」

「人前で歌ったことがないから……。ぼくは聖歌隊に入ったことはありません。こんな顔では入れてもらえませんし」

少年は諦《あきら》めの笑みを口元に浮かべる。子供らしからぬ、どこか大人の諦観《ていかん》を滲《にじ》ませるものだった。

「では、教会に通ううちに賛美歌を覚えたのか？」

信心深い親に育てられたのかと想像したが、ちがっていた。

「ぼくは孤児で、教会に併設《へいせつ》された孤児院に何年かいました。そのあいだに覚えました」

「孤児……」

シリルは軽く衝撃を受けた。さまざまな理由から孤児になってしまう子供がいて、国が各地の教会に孤児院の運営を委託《いたく》していることは知っている。しかし、知識として頭に入っているだけで、実際にそうした孤児と対面したことはなかった。

瘦《や》せたちいさな手がぎゅっと野花を握る様子を、シリルは胸が塞《ふさ》がれる思いで見つめた。

シリル自身、孤児のようなものだ。両親が養育不可能となり、二歳のときにアゼルに預けられた。たまたま裕福な貴族の家にもらわれたから不自由なく育ったが、一歩間違えれば野に捨て置かれていたかもしれないのだ。

「では、村の中心からここまで来たのか。かなり距離があるだろう、歩いて来たのか？　それともだれか孤児院の職員とともに馬車で？」

シリルは少年の足下に視線をやる。両足には木靴《きぐつ》を履《は》いていたが、この子の足には大きく、歩きにくそうだ。だれかのお下がりだろう。

「ううん、ぼくはもう孤児院を出ているから、家はこの近くなんです」

「孤児院を出ている？　なぜだ？」

「騎士さま、知らないんですか、孤児院は成人したら出て行くんですよ？」

小首を傾《かし》げる少年を見下ろし、シリルはしばし唖然《あぜん》とした。つまり、この子は成人――十六歳を過ぎているということだ。

「君はいまいくつなんだ？」

「十七歳です。孤児院を出てから、もう一年になります」

ちょっとだけ胸を張って、少年は答えた。

思っていたよりも五歳ほど年齢が上だったことに驚きつつ、シリルはそれを誤魔化すために咳払《せきばら》いをした。

「そうか、もう一年に……」

「一人暮らしは寂しいけれど、孤児院の生活よりマシです。静かだし、叩かれないし」

叩く？　不穏な単語がひっかかったが、親がいない子供たちが共同生活を送る場所なのだ、ケンカくらい発生するだろう、とシリルは聞き流した。

「君はいつもここで賛美歌を歌い、花を供えているのか？　ひとりで」

こくり、と少年が頷く。

「ぼくの両親が、ここに眠っているので」

ここです、と少年が示した場所には、ささやかな石の墓標がふたつ並んで立っていた。男性の名前と女性の名前、そして日付が刻まれている。ふたつの日付はおなじだった。

少年は膝をつき、抱えていた野花を墓標の前に置くと、そっと目を閉じる。なにげなく周囲の墓標を見て、シリルはあることに気付いた。

刻まれている日付が、いまからちょうど十年前の九月ばかり。そのころ、このあたりでなにかあったのだろうか。

シリルはハッとした。

「森の向こうの集落は、ソーウェル村か？」

「そうです」

少年が立ち上がり、シリルを振り返る。左顔面にある火傷の痕。おなじころに亡くなった村人たち――。

十年前、ソーウェル村に大火災が起きた。その日は南からの季節風が強く、一軒の民家の台所から出た火が隣近所に広がった。運悪く、消火活動と村人の避難を指揮《しき》する村長が不在だった。

当時、木造家屋《かおく》がほとんどだったソーウェル村は、風で煽《あお》られた炎に包まれ、三日にわたって燃え続けた。逃げ遅れた村人たちに相当の被害が出たのだ。

シリルはまだ十二歳だったが、養父のランドールが知らせを受けてすぐに対策を命じていた光景を覚えている。

「あの火事で、村の人たちがたくさん死にました。ぼくの両親も。ここは、あのときの火事で亡くなった人たちの墓地です」

おそらく、この少年のように親を亡くした子供たちがたくさんおり、教会を増築して孤児院を広げたのだろう。だから上空から見た教会の建物が村の規模にしては大きかったのだ。

「君は孤児院を出てから、ひとりで暮らしているのか」

うん、と頷いた少年は、やはり十七歳には見えない。両親がそろって小柄だったのかもしれないが、栄養が足らなくて成長できなかったとしか思えなかった。

「村の隅っこの納屋《なや》を借りることができたから、そこで暮らしています」

「仕事は、なにを？　この墓地の守役《もりやく》か？」

「ここに来ているのは内緒です。村の人たちは、あの酷い火事を忘れたいみたいで、めったに来ないんです。でもぼくは両親がここに眠っているから……。仕事は、村のお手伝いをしています。畑の収穫や草取り、牛や馬、鶏《にわとり》の世話とか、いろいろ」

それでわずかな駄賃をもらい、細々とくらしているらしい。

「日が暮れるとぜんぜん仕事ができなくなるのが、ちょっと悔しいかな。ぼく、太陽の光がないと、なにも見えなくなっちゃうから」

へへ、と笑ってみせた少年の切ない表情に、シリルは胸をぎゅっと掴まれた。

「その目で一人暮らしは大変だろう」

「もう慣れました。ぼく、なんでもひとりでできるんです」

明るく言い切る少年は、空を見上げた。

「もう戻らなくちゃ」

どうやら太陽の傾き具合を見たらしい。

「騎士さま、ぼくの歌を褒めてくれてありがとう。嬉しかったです」

ぺこりと頭を下げ、身を翻《ひるがえ》す。とっさにシリルは「待て」と呼び止めていた。

「名前はなんというんだ？」

「レヴィ、レヴィ・フレイン」

「レヴィか。きれいな名前だ」

少年は照れくさそうな顔をしたあと、迷いのない足取りで墓地を横切り、森の中に入っていった。

歩き慣れた道だろうから心配はないと思うが、シリルは距離を置いてあとをつけた。足に合っていない木靴のせいで転んだり躓《つまず》いたりするかもしれない。そのひょうしに方角を間違って森の奥へ進んでしまうかもしれない。ハラハラしながらレヴィのちいさな背中を追った。

やがて森が終わり、レヴィが集落の方へと歩いて行く。ホッと胸を撫で下ろし、シリルは来た道を戻った。

◇

「はいよ、今日の駄賃だ」

「ありがとうございます」

朝から正午まで畑の草取りをした報酬《ほうしゅう》が、レヴィの土で汚れたてのひらに落とされる。チャリンと硬貨が鳴った。

「明日は馬の世話をしに来てほしいんだが」

「わかりました。朝一番でいいですか」

時間を確かめて、レヴィは馴染みの村人の家を離れた。

朝からずっと休憩《きゅうけい》もせずに草取りをしていたので疲れていた。腹も減っている。このまま自分の家に戻っても、食べるものはない。三日前に買ったパンの最後の一切れを、今朝《けさ》起き抜けに胃に入れた。

どうしよう、いまもらった硬貨でまたパンを買おうか。たまには肉を食べたいが、パンを買ったらそんなに余裕はない。

残念なことに、今日の午後はだれからも雑用を頼まれていなかった。仕事がなければ、お金も稼《かせ》げない。だから駄賃は大切に使う。

ぼんやりと霞《かす》む視界の中、レヴィは市場へ行ってみた。野菜や肉、たまご、果実などが売られている。ちょうど昼時なので、屋台からいい匂いが漂《ただよ》っていた。広い道の隅にテーブルと椅子が置かれていて、そこでは近くの粉ひき場や木工所の職人たちが昼食を取っていた。

レヴィの腹がくぅ、とちいさく鳴った。

ひもじさはレヴィの友達だ。両親を亡くしてから、美味《おい》しいものをお腹いっぱいに食べたことはない。孤児院での食事は不味《まず》くて、量も少なかった。子供たちはいつも飢《う》えていた。みんながイライラして諍《いさか》いが絶えず、院長に罰《ばつ》として折檻《せっかん》を受けるのが日常だった。

痛いことをされないだけ、いまの生活の方がマシだとレヴィは思っている。

だから美味しそうな匂いに背を向け、パン屋に行った。割引になった昨日のパンだけを買い、帰路についた。

午後はどう過ごそう。また墓地へ行こうか。

昨日、墓地で出会った騎士のことを思い出し、レヴィはふふっと笑った。あんなに間近で騎士と話したのははじめてだった。とても背が高くて、頭がキラキラしていて、腰に剣を下げていた。レヴィのような下層の人間にたいして、とても丁寧に話しかけてくれ、さらに歌声を褒めてくれた。

こんな辺鄙《へんぴ》な場所にある村を巡回するくらいだから、きっと下位の騎士だろう。けれどぜんぜん卑《いや》しくなくて、墓地に葬《ほうむ》られた村人たちを悼《いた》んでくれていたようだった。

墓地へ行けば、また会えるだろうか。騎士は男の子にとって憧れの存在だ。巡回中の騎士をちらりとでも見ることができると、それだけでワクワクする。

あの騎士は、大将軍の息子シリルに会ったことがあるだろうか。もし会ったことがあるなら、どんな人なのか聞いてみたい。

十年前、レヴィは王都で行われた式典で、シリルを見たことがある。

大火災が起こる前で、レヴィは両親に連れられて王都へ式典見物に行ったのだ。シリルのことは知っていた。大将軍の伴侶アゼルに預けられた竜人族の子だ。この国の民で知らない者はない。

当時のシリルはまだ十代前半の少年だったが、見目麗《みめうるわ》しいだけでなく賢く思慮《しりょ》深く、王族のお気に入りで、姿絵が飛ぶように売れているという話だった。

かなりの遠目ではあったが、レヴィはその目で騎乗するシリルを見た。すっと背筋を伸ばして馬に跨《また》がるシリルは白銀色の髪をしていた。白い横顔は端整で、神々しくさえあった。

その後、巨大な黒竜と灰青色の竜とともに、小柄な白銀の竜が空を舞った。見物客たちの大歓声が、いまでも耳に残っている。

「あ、レヴィだ」

子供の甲高《かんだか》い声が聞こえ、ついうっかりレヴィは足を止めた。いつもは聞こえなかったふりをして通り過ぎるのに、考えごとをしていたせいだ。

「うわぁ、怖い顔」

「近寄るな、こっち向くな」

レヴィよりずっと小さな子供たち数人が、ばたばたと周囲を走り回る。石を投げられて、それが腕に当たった。痛かったが黙っていた。

この子たちはあの火事のあとに生まれてきたから、なにも知らない。大人から話を聞いているとしても、実感は湧かないだろう。レヴィの顔だけを見て、バケモノだと蔑《さげす》む。

レヴィは自分の顔がそうとう酷い様子なのはわかっていた。けれどどうすることもできない。孤児院で医師の診察を受けたことがある。火傷の痕をよくするには高額な治療費がかかる、目は治らないと言われた。

レヴィは一生、この顔で生きていくのだ。その諦めはついている。

「なあ、どうしてそんなボロ着てんだ？」

「オレ知ってる、こいつちっさな小屋に住んでんだぞ。鶏小屋みたいな、変な小屋！」

「ほら鶏みたいに鳴いてみろよ」

子供たちがげらげらと笑った。

「こらっ、あんたたち、なにしてんのよ！」

聞き覚えのある女性の怒鳴り声に、子供たちがわっと散っていった。

「レヴィ、大丈夫？」

駆け寄ってきてレヴィを路地裏に引っ張っていくのはキャシーだ。亡くなった母親の友達で、レヴィを気にかけてくれる存在だった。

ふっくらとした体に生成《きな》り色のエプロンをかけ、いつも朗らかに話す。レヴィはキャシーを慕《した》っていた。

「もう、あの子たち悪さばっかりして。レヴィは悪い子じゃないのに。酷いわ」

プリプリと怒りながら、キャシーは自分の家にレヴィを連れて行ってくれた。

「ほら、これを持っていきなさい」

差し出されたのは、いくつかの野菜と干し肉の切れ端だった。手早く布に包んでくれ、レヴィに持たせてくれる。

「いつもすみません」

「いいのよ。こんなものくらいしかあげられなくて、ごめんね」

申し訳なさそうにするキャシーに、レヴィは首を横に振った。キャシーとて裕福な生活をしているわけではない。子だくさんで、病気の母親と同居している。夫婦で朝から晩まで働いていた。

「なにか不自由なことはない？」

「それは大丈夫ですけど、もっと仕事がほしいです」

「わかった、近所に声をかけておくわ」

キャシーに励《はげ》まされるように肩を叩かれ、増えた荷物を抱えたレヴィは自分の小屋に帰った。

納屋を改造した狭《せま》い家に入り、まず竈《かまど》に火をおこした。水を入れた鍋《なべ》をかけて、もらった干し肉と野菜を入れる。塩で味つけをして簡単にスープをつくり、昼食にした。全部一度には食べない。夕食と明日の朝食にもする。

お腹が膨《ふく》れて体がぽかぽかと温かくなってきた。すこし休憩したあと、墓地に行こうと小屋を出た。

途中で野花を摘み、のんびりと森の中の小道を進む。墓地に着くと、いつものように賛美歌を口ずさみながら端から花を供えていった。

「やあ、レヴィ、また会えたな」

声をかけられてびっくりした。霞む視界の中で近づいてくるのは、昨日とおなじ体型の大人の男だ。

「私も花を供えていいだろうか」

この声はまちがいなく昨日の騎士。両手に薄桃色の花を持っている。この季節ならどこにでも咲いている野花ではなく、花屋で売っているような、栽培《さいばい》された花のようだ。

「騎士さま、その花、わざわざ持ってきてくれたんですか」

「宿舎の近くにあった花屋で買ったんだが、いけなかったか？」

「いえ、ありがとうございます」

レヴィは感動して声を震わせた。下位の騎士とはいえ、わざわざ花を買ってまで村人の墓地に来てくれたのが、嬉しかった。

花を供え終わると、騎士が「お茶につきあってくれないか」と言い出した。びっくりしながらも断る理由がなくて、墓地の片隅に腰を下ろす。

秋の陽光が気持ちよくふりそそぐ昼下がり、レヴィは一年ぶりにお茶を飲んだ。騎士は水筒にお茶を入れて持ってきていたのだ。

「おいしい……」

一口飲んで驚いた。芳醇《ほうじゅん》な茶葉の香りに陶然とする。こんなに香り高いお茶を飲んだのは、はじめてだった。孤児院では毎日午後にお茶の時間があったが、ほのかに香るていどの、白湯《さゆ》に近いものしか出されなかった。

「菓子もあるぞ」

紙袋に入れられた焼き菓子を差し出され、レヴィはおずおずと受け取った。ひとつ食べてみて、目を丸くした。サクサクのクッキーはほんのり甘く、中に練りこまれた木の実が香ばしくて、信じられないほど美味しい。

墓地に来る前にスープで腹ごしらえをしたはずなのに、まるで昨日からなにも食べていなかったかのように、レヴィは夢中になってクッキーを食べた。

気がつくと、紙袋のクッキーは最後のひとつになっている。ギョッとして慌てて紙袋を騎士に返した。

「ごめんなさい、たくさん食べちゃいました。あまりにもおいしかったから。騎士さまの分がこれだけになっちゃった……」

「君に食べてもらおうと思って持ってきたんだ。私はべつにいい。ほら、まだひとつある。食べなさい」

「ダメです、それはダメ。騎士さまが食べてください。とってもおいしいクッキーですよ」

「そうか、ならば半分ずつ食べよう」

騎士はクッキーをパキッと割って、片方をレヴィの手に握らせた。レヴィが躊躇《ためら》っているあいだに、騎士は半分になったクッキーを食べている。サクサクと咀嚼音《そしゃくおん》をさせたあと、「うん、美味しいな」と明るく言った。

気を悪くしていないみたい、と判断して、レヴィは手の中のクッキーを遠慮がちながらも食べた。やっぱり美味しい。

お茶のお替わりももらい、レヴィはひさしぶりに——誇張《こちょう》ではなく十年ぶりに、お腹いっぱいになった。もう夕食はいらないくらいだ。

「騎士さま、ごちそうさまでした」

「時間があるなら、すこし話をしようか」

「話、ですか？」

「君の暮らしについてだ」

それから騎士に、いくつかのことを聞かれた。レヴィは答えられることは正直にすべて話した。孤児院での辛《つら》い生活、怖い職員たち、一人暮らしになってからの毎日のこと。

「見舞金は受け取っていないのか」

「見舞金ってなんですか？」

「あの火事で被害を受けたものには、国から一定額の見舞金が出ている。当時の君は子供だったから孤児院が預かったはずだ。成人して施設を出るときに、今後の生活のためにそれを渡して――ないらしいな」

きょとんとしているレヴィに、騎士がため息をついた。

「孤児院の内部事情といい、これは……」

もらえるはずの見舞金の行方《ゆくえ》よりも、黙りこんでしまった騎士の様子が気になり、レヴィは落ち着かなくなった。

「あの、でも、ぼくはいま幸せです。両親のお墓にこうして来られるくらい近くに住めているし」

「あかぎれだらけの手をしていても？」

不意に手を握られた。騎士のてのひらは皮が厚くてごつごつしている。きっと剣の鍛練《たんれん》のせいだ。

「あかぎれは、いまにはじまったことじゃないです。孤児院でも掃除と洗濯《せんたく》は自分でやっていたから、このくらいいつもできていました」

「身の回りの世話をする役目の職員がいたはずだ。手が足りていなかったということか？」

「あの、職員さんはもっと小さな子や、赤ん坊の世話をしていました」

「それでも……痩せすぎだ、レヴィ」

「あ……っ」

首を手の甲でするりと撫でられて硬直した。騎士の手がそのままレヴィの髪をかき上げる。火傷の痕が露《あら》わになっていると気付き、慌てて顔を背けようとしたが肩に腕が回され、かえって抱き寄せられてしまった。

「は、放してください、見ないで」

「どうして？」

「こんな醜《みにく》い顔、見たくないでしょう？」

「……だれかに、そう言われたことがあるのか？」

ない、とは言えなくて黙る。騎士の大きな手がレヴィの頭を優しく撫でてくれた。

「私は醜いとは思わないな。こんなに酷いケガをしながら、よく生きていてくれたと思うだけだ。とても熱くて、さぞかし痛かっただろう」

そんなふうに言われたのははじめてで、レヴィは思いがけなさのあまり言葉を失った。

じわじわと胸が切なくなってきて、涙がこみ上げてくる。自分がいままでたくさんのことを我慢してきたと自覚してしまった。

しゃくり上げてしまいそうになり、ぐっと奥歯を噛みしめて俯く。そうして震えていたら、騎士がレヴィの体を膝に抱えこんだ。子供のように膝に抱っこされている体勢になる。

「き、騎士さま、下ろしてください」

「泣きたければ泣けばいい。レヴィ、我慢しないで。私しか見ていない」

「重いですよ」

「軽すぎるくらいだ。君はもっと太った方がいい。ほら、胸を貸してやるから」

後頭部を押されて、やんわりと騎士の胸に顔を埋《うず》めさせられる。子供扱《あつか》いをされている、と抗《あらが》おうとしたが、胸の温かさにその気が萎《な》えていく。

（騎士さま……）

とくんとくんと鼓動《こどう》が感じられた。自分以外の鼓動を聞いたのは、やはり十年ぶりだ。優しい音を感じながら目を閉じる。引っこみかけていた涙が滲んできた。

レヴィはそうして、しばらく騎士の胸で泣いた。


翌日、レヴィは村の人に頼まれていた馬の世話を済ませたあと、午後になってから森の墓地へ行った。

また騎士が来ているかもしれない。昨日は美味しいクッキーを食べさせてもらったうえに、その腕の中で泣いてしまった。お礼とお詫《わ》びを言いたい。

レヴィはじめて、墓参以外の目的で墓地に来た。はっきりと見えない目をこらし、墓地の端から端までをうろうろする。歌を歌った方が、レヴィがここにいるという証《あかし》になっていいかもしれないと、いつもより大きな声で賛美歌を歌ってみた。

けれど騎士は現れなかった。日が暮れかかるまでレヴィは墓地にいたが、ついに訪れる人はいなかった。

がっかりして墓地をあとにし、レヴィは小屋に戻った。完全に日が落ちる前に夕食を済ませなければならない。レヴィは昨日買ったパンとキャシーにもらった食材で作ったスープの残りで腹を満たした。

もしかしたら騎士は、レヴィがクッキーを独り占《ひとじ》めしたことで本当は怒っていたのかもしれない。それとも目の前で泣かれたから慰《なぐさ》めたが、面倒くさい奴だとうんざりしていたのかもしれない。二度と会いたくないと思われたのだとしたら、悲しかった。

いや、あの人はそんなふうには思わない。きっと。

「騎士さま……」

力強い腕と頼りがいのありそうな厚い胸。抱き寄せられたとき、背骨がくにゃくにゃになりそうな安心感に包まれた。

顔の火傷を見て、よく生きていてくれたと言ってもらえて嬉しかった。たくさん泣いて、泣かせてもらって、すっきりした。別れ際に何度もお礼を言ったけれど、もっともっと言いたい。

つぎはいつ会えるのだろう――。

粗末な寝台に入り、身を横たえたレヴィは騎士のことを思う。もう一度会いたい。会えますように、と祈った。


祈りが通じたのか、二日後、騎士が墓地に現れた。

「やあ、レヴィ」

「騎士さま！」

喜びのあまりレヴィは騎士に飛びついてしまった。頑健な体つきの騎士は、レヴィをしっかりと抱きとめてくれる。ぎゅっと逞しい腕で背中を抱かれ、レヴィは我に返った。自分がとんでもないことをしでかしたと気づき、慌てて騎士の腕の中から逃《のが》れる。

「ごめんなさい、やっと会えたから、嬉しくてつい……」

「もしかして毎日、私を待っていてくれたのか？　すまない、任務の都合でここまで足を伸ばすことができなかった」

「いえ、いいんです。ぼくが勝手に待っていただけですから」

会えなかった理由が仕事だとわかり、レヴィはホッとした。嫌われたわけではなかった。

「今日も菓子とお茶を持ってきた。一休みに付き合ってくれるか」

そう言いながら騎士が差し出した紙袋からは、とてもいい匂いがしている。墓地の隅《すみ》の日当たりのいい場所に二人並んで座りこみ、三日ぶりのお茶会となった。

「甘くておいしいです」

「そうか、よかった」

パンの切れ端を油で揚《あ》げて砂糖をまぶした菓子は、頬が蕩《とろ》けそうに美味しくて、レヴィはまたもや夢中になって食べた。

「そんなに急いで食べるな。喉に詰まらせてしまうぞ」

「は、はい」

注意されてハッとし、できるだけゆっくり咀嚼した。急いで食べてもゆっくり食べても、変わらず美味しい。

「あの、騎士さま」

「なんだ」

「騎士さまって、だれの部隊に属しているんですか?」

さっき任務の都合と言っていた。いつもどんな仕事をだれとしているのか、気になった。

「所属か。それは、まあ……」

「あ、聞いちゃいけないことでした？」

「いや、そんなことはない。その、アラン大佐の部隊だ」

「アラン大佐って、あの黒竜のアランさま？」

有名人の名前が出てきてびっくりした。十年前の式典を瞬時に思い出した。空を舞う黒竜はとても大きかった。

「そうだ、黒竜のアランだ」

「すごい、すごいですね。騎士さま」

「そうか？」

「そうですよ。あの、だったらシリルさまを知っていますか？」

ブッと騎士がお茶を噴いた。袖《そで》でぐいっと口元を拭《ぬぐ》ってから、「知っている」と答えた。

「じゃあ、会ったことはあります？　話したことは？」

「あるような、ないような……」

「えーっ、アランさまの部隊にシリルさまも入っているんですよね？」

「ああ、うん」

「それなのに、そんな感じなんですか？」

「アラン大佐の部隊は大きい。騎士だけでも百人いるからな。接点がなければ、あまり会わない者は多い」

「そうなんですか」

憧れのシリルの話が聞けるかと思ったが、そう簡単にはいかないようだ。がっかりしていたら、騎士が「全部食べていい」と言ってくれた。

お礼を言って、せっせと甘い菓子を食べる。

「シリルのことが知りたいのか？」

「十年前に、式典で姿を見たんです。とてもカッコよかったのを覚えています」

「十年前……火事の前か？」

「はい、両親はまだ生きていて、最後の家族みんなでの遠出でした」

だからか、シリルのことを思い出すと、両親との楽しい思い出に繋《つな》がる。

「アランさまとアゼルさまといっしょに空を飛んだのも見ました」

「十年前なら、まだシリルは子供だろう」

「そうですね、シリルさまの白銀の竜は、アゼルさまの灰青色の竜よりも小さかったです。でもきれいな竜でしたよ。キラキラしていて、眩《まぶ》しいくらいでした。空を飛べるなんてすごいなぁって、感動しました」

「そうか……」

紙袋が空《から》になると、騎士が砂糖だらけになったレヴィの手を、もうひとつの水筒に入っていた水で洗ってくれた。手巾を懐から出し、拭《ふ》いてくれる。まるで幼い子供のように世話をされても、嫌ではなかった。

気にかけてもらっている、親切にしてもらっているという幸福感があるだけだ。

「今日はこんなものを持ってきた。君の手に塗《ぬ》ってみてもいいだろうか」

騎士が小さな瓶《びん》の蓋《ふた》を開けた。とたんにふわりと甘い花の匂いが漂《ただよ》う。とても上品な香りだった。

「肌に塗るといいらしいと聞いて買ってみた。保湿効果がある香油だ」

「えっ、そんな、ぼくの手なんかに。きっと高いものなんでしょう？」

「そんなに高価なものじゃない」

「でも、そんな……」

「いいから、ほら手を貸して。試しに塗ってみよう」

いささか強引に手を持っていかれた。騎士がレヴィの手に香油を垂らす。最初の一滴は冷たく感じたが、騎士のてのひらで伸ばされ、肌に擦《す》りこまれているうちに、温かくなってきた。

香りと、手を揉《も》まれる心地よさにうっとりする。騎士の手はごつごつとしていたが、動きは丁寧で繊細《せんさい》だった。

「力を抜いて塗っているつもりだが、痛くないか？　こんな小さな手に触ったことがないから、加減がわからない」

「とっても気持ちいいです。騎士さま、上手ですね」

「痛くないならいい」

もう片方の手も香油を塗ってもらった。小瓶には中身がまだ半分以上残っている。

「これは君にあげるから、寝る前に塗るといい。あかぎれが完全に治ることはないかもしれないが、いくぶんマシにはなるだろう」

「もらってもいいんですか」

「君のために持ってきたんだ」

「ありがとうございます」

騎士の気持ちが嬉しくて、レヴィは両手で受け取った。

「大切に使います」

宝物のように、ぎゅっと握りしめた。

別れ際、騎士はつぎに会う日を決めてくれた。レヴィが待ちぼうけを食わないように。

「明日と明後日《あさって》は来られない。明々後日《しあさって》なら大丈夫だ」

つぎは明々後日。三日後だ。レヴィは真剣に聞いて、絶対にここに来ると頷いた。

「ただし、雨が降っていたらなしにしよう。君に風邪をひかせたくない」

そんな優しいことを付け加えて、騎士は頭を撫でてくれた。

◇

「シリル！」

剣と鎧《よろい》の手入れをしていたシリルは、フリップに声をかけられて顔を上げた。

「報告がある」

フリップが手に持っている紙をひらひらとさせて、手招きしてきた。すぐに用件が察せられて、シリルは武具の手入れ専用小屋を出た。小屋にはほかに数人の騎士がいた。聞かれたら面倒だ。

二人は肩を並べて歩きながら、人気《ひとけ》がない場所を求めてウロついた。

「ソーウェル村の孤児院はやっぱりやらかしてた。ほら、これ見てみろ」

歩きながらフリップが報告書を渡してくる。そこには想像通りのことが書かれていた。

「孤児院への補助金は、毎年きっちり国から支払われている。それなのに子供たちの待遇が悪いのは、院長をはじめ職員たちが着服しているからだ。支給物資も横流しされている」

思わずため息が出た。レヴィの話から孤児院へ疑いを持ち、シリルはフリップに相談して調べてもらっていたのだ。

もっとはやくわかっていたら、レヴィは孤児院で満ち足りた生活を送れていたかもしれない。

そうすれば、いまの限界に近い貧しい生活を「幸せ」だなどとは思わなかっただろう。

レヴィと知り合ってすぐ、シリルはフリップに「なにかしてあげたいが、なにをすればいいのかわからない」と相談した。

「貧しい者に同情するのはわかるが、一時の施《ほどこ》しをしても、なんの解決にもならないぞ。下手《へた》に関わらない方がいい」

最初フリップはそう言ってシリルを諌《いさ》めようとした。しかしシリルはレヴィの痩せた体とあかぎれだらけの手を思い出すと、いてもたってもいられない。

あの顔も可哀想《かわいそう》だった。おそらく火傷を負ったとき、たいした手当てを受けられなかったのではないだろうか。あれだけの重度の火傷だ、いまだに痛みがあったとしてもおかしくない。

それなのに火事を恨《うら》むことなく、ただ両親と村人たちの墓に花を供えて賛美歌を歌いつづけているレヴィに、胸が震えたのだ。

頑固なシリルの性格を熟知しているフリップは、やがて諦めたように「また会いに行くつもりなら、まず手土産《てみやげ》を持参したらどうだ」と助言してくれた。

レヴィが負担に思わないような、ささやかな土産。食糧《しょくりょう》ならちょっとした焼き菓子、衣類なら新品ではなく古着——といった具合に。

シリルにそうした発想はなかった。贈り物といえば高価なもの、という固定概念《がいねん》があったからだ。

シリルは成人と同時に軍に入隊し、騎士になってからすでに四年たつ。そこそこの額の給金をもらっている。自由に使える金があった。

フリップに言われていなければ、金にものをいわせて高価なものを贈っていただろう。レヴィが受け取りにくいことまでは考えが及ばずに。

「ありがとう、騎士さま」

はにかみながらも受け取ってくれるレヴィが可愛い。甘い菓子をいっしょに食べるとき、ついついじっと見つめてしまっていることに、レヴィはまだ気付いていない。

美味しそうに一生懸命食べている様子が、まるで小動物のようで愛らしいと言ったら、怒るだろうか。

三度目に会ったとき、シリルは森の中を帰って行くレヴィのあとをもう一度つけた。どんな暮らしをしているのか知りたかったからだ。

森を抜けたところは豆畑で、その向こうに集落が見えた。火事のあと、この村はレンガで家を建てることを推奨《すいしょう》したのだろう、点在する民家はみなレンガ造りだった。

けれどレヴィは納屋にしか見えない粗末な板張りの小屋に入っていく。煙突が窓から突き出ており、外に洗濯物が干されていた。まさかそこがレヴィの家なのかと衝撃を受けた。

嵐が来たら飛びそうな屋根と、冬は隙間風が絶えないだろう板壁。干してある衣類もボロで、一人暮らしなのに大きさはバラバラだ。すべてもらい物なのか。

冬が来たらどうするのかと心配になった。すでに一度、冬を越しているはずだ。あの家でたったひとり、寒さに凍《こご》えていたのかと想像するだけでシリルはたまらなかった。

防寒具はあるのだろうか。毛布や毛皮は？

せめて見舞金があれば、孤児院を出たときにもっとまともな住まいを確保できていただろうに……。孤児院の責任者たちへの怒りが腹の奥を熱くする。

「どうする？」

フリップに聞かれて、「どうするもこうするも」とシリルは水色の瞳を鋭く光らせた。このまま孤児院を放っておくことはできない。

「信用できる役人に事情を話し、適切に対応してもらおう。これは横領だ。はっきりと犯罪だぞ」

「そうだな。いまも十人以上の子供が孤児院にいるみたいだし、このままだと可哀想だ。俺の知り合いの知り合いに、クソがつくほど真面目《まじめ》で不正が大嫌いな役人がいる。そいつならきっと――」

「おい、おまえたちなんの話をしている」

背後から唐突に声をかけられ、シリルとフリップはぴたりと口を閉じた。

そろりと振り返ると、浅黒い肌の大柄な男が立っている。騎士服を着てはいるが胸元はおおきくはだけられ、左胸の階級章は斜《なな》めによじれていた。まくられた袖からは逞しい腕が出ている。その手で黒髪をかき上げた。二人の上司、アランだった。

「おまえら、最近こそこそとなにをしている」

「……決められた巡回と武術の鍛練は欠かしていません」

「バカ、当たり前だ、そんなこと」

はあ、と怠《だる》そうに息を吐き、歩み寄ってくる。

「ほら、それを寄越せ」

アランが手を差し出してきた。その目はシリルの手にある紙に向いている。

「それはなんだ。見せてみろ。俺はおまえらの上官だぞ。命令が聞けないのか」

「個人的なものなので渡せません」

軍人でありながら上官の命令にそむいたシリルに、フリップが「あらら」と小さく呟く。

「俺の命令に逆らうのか」

アランの顔が険《けわ》しくなっても、シリルは動かなかった。すると横から手が伸びてきて、フリップが紙を取り上げた。「おまえ…」と咎《とが》めようとしたシリルに、フリップはニヤリと笑う。

ゆっくりと報告書を折りたたみ、自分の上着の隠しに入れてしまった。

「これは恋文です」

「はぁ？」

堂々と嘘をついたフリップに、アランだけでなくシリルも唖然とした。

「まさか同僚から恋文をもらうとは思わず動揺してしまい、シリルに相談していたところでした。それでは、失礼します」

フリップは一礼すると、シリルの腕を引いてアランの前をさっさと立ち去る。アランは追いかけてこなかった。

じゅうぶんに距離ができてから、フリップがぐふっと吹き出した。シリルもつられて笑ってしまう。

「同僚からの恋文って、いったいだれだ。おまえに恋した騎士ってのは？」

「さあね」

笑いながらも急ぎ足で騎士の宿舎を出た。

そしてフリップの知り合いだという役人に連絡を取り、ソーウェル村の孤児院の件を頼んだ。

彼は適切に動いてくれ、十日後には不正は明るみに出た。孤児院の院長はじめ数人が逮捕《たいほ》され、中央の役場から運営を担当する人員がソーウェル村に派遣されることになった。

さらに、院長が着服していた火事の見舞金が、受け取っていなかった孤児たちに支払われることが決定した。

シリルはホッとした。これでレヴィの暮らしが少しはよくなるだろう……と。

しかしシリルにとって都合が悪いことに、不正発覚のきっかけになったのがシリルだったと、名前が出てしまった。件《くだん》の役人がシリルに頼まれたことを各所でしゃべったらしい。口止めするのを忘れていた。

当然のごとく、アランの耳に入った。

「おまえはいったいなにをしているんだ。こんなことは騎士の仕事ではないだろうが」

呼び出されて叱責《しっせき》された。

怒らせたら怖いと兵士たちからは恐れられているアランに、執務室でフリップと並んで睨《にら》まれた。怖くないわけではないが、シリルは慣れている。フリップも同様だ。

「知ったからには放置しておけませんでした」

「どこで知ったんだ」

「偶然、ソーウェル村の者と知り合いました」

「本当か。変なところに出入りしているんじゃないだろうな。どこで知り合った？　そいつの名前は？」

「言う必要性を感じません」

「おい」

アランのこめかみが怒りのあまりぴくぴくと動いている。爆発寸前といったところか。

「いつのまにか生意気になりやがって。あくまでも俺に逆らうつもりか」

アランが唸《うな》るように迫ってくるが、シリルはそっぽを向いた。

いままでシリルの生活は監視しやすかっただろう。軍に入隊したときから宿舎で寝起きし、軍規を守り、任務を真面目にこなし、休みの日に大きく羽目を外すこともない。

それなのに急に余計なことをしはじめて、アランは戸惑っているようだ。わかるが、そんなこと、シリルは知ったことではない。

いまシリルの頭の中は、レヴィのことで大半が埋まっていた。

はぁ、と盛大なため息をつき、アランが両手で頭を抱える。癖《くせ》のある黒髪をぐしゃりとかき混ぜ、またため息をついた。

「二人とも五日間の謹慎《きんしん》だ」

「えーっ、不正を暴いたのに？」

文句を言ったフリップを、アランが「ああん？」と睨む。フリップが即座にぴしっと姿勢を正した。

「たしかに不正は暴かれた。だがな、これはおまえたちの仕事ではない。おまえたちは国軍の騎士だ。本来の任務を忘れるな」

もういい戻れ、と追い払うように手を振られ、シリルとフリップは部屋を出た。苛立《いらだ》ちが歩き方に表れてしまう。二人してドカドカと歩き、宿舎に向かった。

「あーあ、謹慎かよ。飲みに行ったら怒られるのかな。娼館《しょうかん》は、やっぱダメだよな」

フリップが不満を言っているのを聞き流し、シリルは自分の部屋にまっすぐ向かった。フリップがなんとなくついてくる。

「あいかわらず、なんにもないなぁ」

シリルの部屋を見て、フリップが呟いた。たしかに造りつけの寝台とクローゼット、机と椅子以外、シリルの部屋にはなにもない。クローゼットの中にすべてを押しこんでいるかといえばそうでもなく、騎士服と装備一式が整理整頓《せいとん》されていた。

歩兵は四人部屋で、騎馬兵は二人部屋だが、騎士には個室が与えられている。自由に使っていいのに、シリルの趣味嗜好《しこう》が窺《うかが》えるものはなかった。趣味がないからだ。

物心ついてから、シリルはただ淡々と体を鍛《きた》え、剣の腕を磨《みが》き、義父のように立派な騎士になって国に仕《つか》えることだけを考えてきた。

それ以外、許されていないわけではないのに、そうしてきた。

「おまえの部屋は物が多すぎるんだ」

シリルが苦笑いで返すと、フリップは「そうか?」と笑った。

フリップは武器集めが好きで、王都内の道具屋のほとんどと顔見知りらしい。さらに酒飲みなので、部屋の中にはいくつもの剣や鎧、酒瓶《さかびん》などが所狭《せま》しと置かれ、ひどく散らかっているのだ。

シリルはクローゼットの中から布袋を取りだし、肩に引っかけた。

「おい、まさか出かける気か、あの子に会いに」

「それがどうした」

「たったいま謹慎って言われたばかりだぞ」

「いつからとは言われなかった。私は明日から五日間と解釈《かいしゃく》する」

「そりゃたいした解釈だ」

呆れた顔のフリップを置いて、シリルは早足に宿舎を出た。

むしゃくしゃしてたまらない。空を飛んで発散したうえで、可愛いレヴィに会って癒《いや》されたかった。よかれと思って行動したのに、それを咎められたのだ。理不尽にもほどがある。

厩舎《きゅうしゃ》へ行き、愛馬を連れ出す。シリルたちが謹慎処分を受けたことはまだ周知されていないらしく、だれにも止められずに王都の街中に出られた。

「あら、シリル様だわ」

「シリル様、こんにちは」

声をかけられても気持ちの余裕がなくて反応できない。シリルは聞こえなかったふりで王都を横切った。

人に見られないよう、こっそりと王都を抜け出すこともできたが、なぜそこまで姿を隠すように行動しなければならないのかと苛立ちを感じる。いまはっきりと、シリルは面倒な柵《しがら》みから解き放たれて、自由になりたいと思った。

どうして両親は預け先をアゼルにしたのか。竜人族の村に、信頼できるものはいなかったのか。竜体のまま秘境で自由に暮らしていたら、こんなに息苦しさは感じなかっただろうに。

けれど秘境で生きていたら、剣と乗馬を覚えて騎士になることはなかったし、レヴィと知り合う機会もなかった。

(レヴィ……!)

早く会いたい。

葛藤《かっとう》を抱えたままシリルは山の中腹のいつもの場所まで行き、馬を木に繋ぐ。服を脱ぎ、竜体に変化した。布袋を前足で摑み、一気に空へ飛び立つ。

西の空に日が暮れようとしていた。夕焼けに向かってシリルは飛んだ。

今日はレヴィと約束した日ではない。墓地に行っても待ってはいないだろう。シリルは森の端に降り立つと、古着の騎士服を身につけ、暗くなりつつある森を走って抜けた。

夜目が利《き》くので日が暮れても迷うことはない。ただレヴィに早く会いたかった。

森を抜けてレヴィの小屋まで行くと、煙突から細く煙がたなびいていた。板壁の隙間から、ほのかなランプの明かりが漏れている。

夜になるとほとんど目が見えなくなるので仕事はしないと言っていた。今日の仕事を終えて、帰宅しているのだ。

シリルは周囲を見渡して村人の姿がないことを確認した。小屋に駆け寄り、扉を小さく叩く。

「レヴィ、私だ」と呼びかけながら。

「えっ、騎士さま?」

慌てた声がしたあと、内側の閂《かんぬき》を外した音がして、扉が細く開いた。暗いせいでレヴィは訪問者がいつもの騎士だと確信できないのだろう、「本当に騎士さま？」と尋ねてくる。

「レヴィ、入れてくれないか。だれかに見られたら面倒だ」

「あ、はい」

声でわかったらしく、扉を大きく開けてくれた。シリルは中に入り、静かに息を飲んだ。

小屋の中は、ある意味、想像通りだった。竈がある土間と、並べたレンガの上に板を敷いただけの部屋。廃材で造ったらしい小さな寝台があり、麻袋を縫《ぬ》い合《あ》わせたような布団が見えていた。

二人掛けのテーブルの上には古ぼけたランプが置かれ、ゆらゆらと炎を揺らしている。そこにはスープ皿があった。

「すまない、食事中だったのか」

「そうですけど、あの、騎士さまはぼくの家を知っていたんですね」

不思議そうに小首を傾げるレヴィに、シリルはまず謝った。どこに住んでいるのか知りたくて後をつけたと告白したシリルに、レヴィは驚いていたが怒りはしなかった。

「こんな時間に突然訪ねて来てすまない。どうしても君に会いたくなって」

「来てくれて嬉しいです」

レヴィはほんのりと頬を染めて笑顔を見せてくれた。

「でも、騎士さまがせっかく来てくれたのに、出せるものがなにもありません。ごめんなさい……」

言葉通り、竈の鍋は空だし、最後の一切れらしいパンは残り一口だけ。ほかに食糧は見当たらない。

「お茶の葉を持ってきた。湯を沸《わ》かしてお茶を淹れよう」

「ええっ、お茶の葉？　すごい！」

茶葉が入った缶を渡すと、レヴィは飛び上がって喜んだ。それから湯を沸かし、縁《ふち》の欠けたカップでお茶を飲んだ。

椅子は一脚しかなかったので、レヴィは寝台に座り、シリルが椅子を借りた。

今日はどんな仕事をしたか、レヴィが話して聞かせてくれる。キャシーという亡き母親の友人が斡旋《あっせん》してくれた畑仕事をして、疲れたけれど賃金をもらえてありがたかったことや、近くの小川で体を洗って寒かったこと、もうすぐ冬が来そうで雪はいつ降るかといった、他愛《たわい》のないことも話した。

それだけで心の鬱屈《うっくつ》が晴れていく。何事も一生懸命なレヴィを見ていると、自分も任務をこなさなければと前向きな気持ちになれた。

「騎士さま、ついこのあいだ、大事件があったんですよ」

「大事件？」

「ぼくがいた孤児院の院長が捕まったんです」

「ああ、そのことか」

「シリルさまが不正に気付いて調べてくれたそうなんです」

あやうくお茶を噴きそうになったが耐えた。

「シリルさまは庶民《しょみん》の味方なんだなって、村の人たちが話していました」

火事の見舞金が受け取れることを、レヴィは純粋《じゅんすい》に喜んでいる。その金で冬用の毛布を買いたいと楽しみにしていた。

「そうだ、レヴィ、手を見せてごらん」

「手？」

何気なく差し出されたレヴィの小さな右手には、あかぎれがいくつもできていた。以前見たときよりも酷くなっているような気がする。

「香油は使っていないのか？」

「……もったいなくて……」

申し訳なさそうに俯くレヴィに、「遠慮なんかするな、なんのために渡したんだ」と叱りつけてしまいそうになり、シリルはぐっと飲みこんだ。

「なくなったらまた私が持ってくる。もったいないなんて思わなくていい。君の苦痛をわずかでも和《やわ》らげてあげたい。それだけだから」

「でも、ぼくはもらうばかりで、騎士さまになにも返せません」

「なにかを返してもらおうと思ってしているわけではない」

もどかしい。けれど、これ以上どうしていいかわからない。

「……香油はまだ残っているのか？」

うん、とレヴィが頷いた。寝台の枕の下から瓶が出てきた。どうしてそんなところに隠すように置いているのかと不思議に思ったら、本当に隠してあるらしい。

「こんなものをぼくが持っていると知られたら、きっと盗みに来る人がいるから、用心のためにここに隠してあるんです。それに、毎晩、蓋を取って匂いだけ嗅《か》ぐんです。そうすると、騎士さまがぼくの手に塗ってくれたときのことがよみがえってきて、幸せな気分で眠れるんです」

恥ずかしそうに打ち明けるレヴィに、シリルは思わずうめき声を漏らしそうになった。

こんなに可愛らしいいきものが、はたしてこの子以外にいるだろうか？

「瓶を貸しなさい」

受け取って、レヴィの手に数滴垂《た》らした。それをゆっくりと塗り広げていく。力加減に細心の注意を払いながら。

レヴィが気持ちよさそうに目を閉じる。口元には微笑が浮かんでいた。

「気持ちいいのか？」

「とってもいいです」

くそっ、とシリルは口の中だけで悪態をつく。

抱きしめたいくらいに可愛い——。

シリルはこのときはっきりと、レヴィに抱く気持ちがただの同情ではなく、恋愛感情なのだと自覚した。

「もう片方もこっちへ」

「はい」

左手にも香油を塗る。うっとりしているレヴィの顔に、無垢《むく》な色香を感じた。

もっと気持ちよくさせたい。体中に香油を塗りこんで、撫で回したい。この子はいったいどんな表情を見せるだろう？

（いかん、変なことを考えるな）

頭をぶるりと振り、妄想を打ち消そうとしたが、なかなか上手《うま》くいかなかった。

◇

「はい、今日の分だ。また明後日の朝も頼む」

てのひらに硬貨を落とされ、レヴィはそれをぎゅっと握った。

「ありがとう。じゃあ、また明後日の朝」

杖《つえ》をついている村の老人に別れを告げ、レヴィは弾む足取りで村の中心部へ向かった。パンと干し肉を買いたい。それと、卵も。

孤児院から火事の見舞金が渡されたことと、キャシーが口をきいてくれた仕事のおかげで、レヴィの生活は安定してきていた。

足が悪い老人の手伝いを、いま一日置きに請《う》け負《お》っている。食事は隣家が用意してくれるそうなので、レヴィは洗濯と庭の鶏小屋の掃除、その他ちょっとした雑用をしていた。

駄賃は多くないが、二日に一度、定期的に現金を受け取れるのは嬉しい。

老人との約束がない日は、別の村人からの依頼を受けて、畑仕事を手伝ったり馬の世話をしたりしている。

そしてだいたい三日か四日に一度、騎士と墓地で会う。レヴィの最大の楽しみだ。

今日は会えないが、明日は約束している。雨が降ると中止になってしまうので、それだけがいつも気がかりだ。

「あら、レヴィ」

キャシーの声に、足を止めて振り返った。ふくよかな女性の姿がぼんやりと見える。

「キャシーおばさん、こんにちは」

「買い物に行くの？」

「はい。ロム爺《じい》さんのところで雑用をしていて、いま終わったところです」

「あらそう。ご苦労さま。あの爺さん、偏屈《へんくつ》だけど悪い人じゃないでしょう？　口うるさいときは適当に聞き流してね」

からからと快活に笑うキャシーにつられて、レヴィも笑った。

「おい、おまえたち、ちょっと尋ねたいことがあるんだが」

不意に、背後から聞き覚えのない声がかけられた。暗い色の上着に同色の帽子をかぶった男が立っていた。出で立ちから農夫ではないとわかる。役人のような雰囲気だが、どこか不穏な空気を醸《かも》し出《だ》しているような気がした。

「この村の人じゃないみたいだけど、だれかの家を訪ねに来たの？」

キャシーがすぐに対応してくれたので、レヴィは黙っていた。

「いや、すこし調べものをしている」

「調べもの？」

「この近辺で白銀の竜が降り立つのを見たという者がいる。おまえたちは見なかったか」

キャシーの空気がピリッと張り詰めたのがわかる。

「白銀の竜って、シリル様のこと？　こんな辺鄙な村に来るわけがないじゃない。なにかの間違いでしょう」

キャシーがつけつけとした口調で答えた。男がレヴィに向かって、「おまえはどうだ」と聞いてくる。

「あの、ぼくは目が見えないので……」

「そうか」

男はあっさりとレヴィからキャシーに向き直る。

「女、私はまた数日後にこの村に来る。もし白銀の竜を目撃したら、いつどこで見たのか教えてほしい」

「あんただれなのよ。シリル様がもしこの近くに来たとしても、そんなの見ず知らずのあやしい人間に教えるわけがないじゃない」

その通りだ。キャシーは正しい。

「只《ただ》でとは言わない。謝礼ははずむぞ」

「そんな金、いらないわよ」

レヴィの手を取り、キャシーは「行きましょう」とその場から立ち去る。

すこし離れたところまで移動し、キャシーが背後を見遣《みや》った。

「さっきの男、べつの人に声をかけているわ。なによ、あれ。あっ、向こうの道にも似たような風体《ふうてい》の男がいる」

キャシーが指さした方向に目をこらしたが、レヴィの視力では見えない。

「いやだわ、気味が悪い。シリル様のことでなにを知ろうって言うのかしら。シリル様どころか下っ端の騎士だって、年に二、三回しかこの村には来ないっていうのに、竜を見かけたなんてだれかのホラよ。レヴィ、あたしちょっと役場まで行ってくるわ。変な男たちが村の中をウロついているって知らせなくちゃ」

「うん、そうした方がいいと思う」

キャシーは「じゃあ、気をつけて帰るのよ」とレヴィの頭を一撫でして、小走りで去って行った。

レヴィは予定通りにパン屋へ行き、パンを買った。干し肉も卵も手に入れ、袋の中の卵を割らないように慎重《しんちょう》に家に帰る。

無事に帰り着いて、竈に火をおこした。

鍋に湯を沸かしながら、さっきの男が言っていたことを思い出す。

この近くで、白銀の竜が降り立つのをだれかが見た――。

キャシーはだれかのホラだと決めつけていたが、本当にそうだろうか。

白銀の竜はシリル・オーウェル。この国の民ならばみんな知っている。レヴィだって、もちろん。

この近くで白銀の竜を見たという話が本当なら、きっとなにか理由があるはずだ。密《ひそ》かに森で訓練しているとか、森に山賊《さんぞく》が潜《ひそ》んでいるから見回っているとか。

いや、山賊の類《たぐ》いならばレヴィが森に出入りしていることを危険視して、あの騎士が教えてくれていたはずだ。それに、村人に周知しなければ危ない。

(騎士さまは、なにか知っているかな)

明日会う約束をしている、レヴィの騎士。優しくて頼もしくて、甘いお菓子をくれたり手に香油を塗ってくれたりする人。

ふと、あの人の頭がキラキラして見えることを思い出した。

(人間の姿になったとき、シリルさまは白銀色の髪をしている。騎士さまも頭はキラキラと輝いている……)

そういえば、彼の名前を知らない。会うときはいつも二人きりだったから、呼びかけは「騎士さま」で済んだ。

「そうだ、孤児院の話」

大変だった孤児院での暮らしを話したとき、騎士さまはなにやら考えこんでいた様子ではなかっただろうか。あのとき、院長や職員たちの不正に気付いたとしたら――。

シリルではなく、騎士が動いてくれた？　いや、騎士がシリルだとしたら……？

「そんな、まさか。ちがう、きっと」

たぶん騎士はレヴィから聞いた孤児院のことを、シリルに話したのだ。それでシリルが不正を明るみに出すために動いてくれたのではないか？

「きっとそうだ」

レヴィの騎士が、シリルであるはずがない。

あの人は仕立てのよくない騎士服をいつも着ていたし、腰に下げている剣も古そうだった。シリルだったらもっと立派な騎士服と剣で着飾るはず。

あの剣は、だれか、引退する騎士から譲《ゆず》り受《う》けたものにちがいない。それか古道具屋で手に入れたか。

（そうだ、古道具屋でいくらでも手に入れられる。騎士服だって……）

上級に装うことは資金がなければ難しくとも、下級に合わせることはそう難しいことではない。それくらい、レヴィだってわかる。

この村にも古道具屋があり、馬の蹄鉄《ていてつ》から鍬《くわ》、鍋まで、いろいろなものが売っていた。中には古ぼけた剣もある。

「どうしよう、もし、そうだったら……」

あの人がシリルだと、レヴィは困る。シリルは雲上人だ。自分なんかが親しくしていい人ではない。

「あの人はシリルさまじゃない」

下位の騎士であってほしい。そうでないと、もう会えなくなってしまう。会えなくなるのはいやだ。本当は毎日だって会いたいのに、我慢している。

もし二度と会えなくなってしまったら、寂しくて悲しくて息もできなくなってしまうかもしれない。

鍋の中で湯が沸いても、レヴィはしばらく動けないでいた。

◇

「ほらよ、買ってきてやったぞ」

フリップが差し出してきた紙袋からは、焼きたてのパンのいい匂いがしていた。

「ありがとう」

まだほんのりと温かいそれを、シリルは受け取った。古着屋で買ってきた冬用の外套とズボンも丁寧に畳んで、パンといっしょに布袋に入れる。

レヴィはいつも割引になっている前日のパンを買うと言っていた。パンに合う木イチゴのジャムも買ってきた。喜んでくれるだろうか。

服は古着といってもかなりきれいなものを選んだ。温かそうな生地で縫製《ほうせい》もしっかりしていたから、防寒にいいだろう。

「ご機嫌だな。おまえさ、謹慎明けだってこと忘れるなよ」

ため息まじりにフリップが言ってきた。

「忘れていない」

シリルは布袋を背負い、その上からフード付きのマントを羽織った。

「そうか？　謹慎中も抜け出したこと、アランは気付いているみたいだぞ。ちょっとは慎《つつし》めよ。なんだ、その浮かれぶり。恋人に会いに行くみたいだ」

「…………」

「なんとか言えよ、本気でその子に惚《ほ》れてるのかと思うだろ」

「……行ってくる」

「おい待て」

部屋を出ようとしたシリルの腕を、フリップが摑んだ。

「おまえ、本気であの子をどうこうするつもりなのか」

「フリップが言う『どうこう』というのがなにかはわからないが、私にとってレヴィが特別なのは事実だ。あの子の生活を楽にさせてあげたい、幸せにしてあげたいと思う」

「本気かよ……」

フリップが啞然とした顔でシリルの腕を離す。眉間にじわりと皺《しわ》が寄った。

「おまえが下位の騎士ならそれも有《あ》りだろうよ。相手が平民でも、身内が許せば伴侶になり得る。だがな、おまえはシリル・オーウェルだ。義理とはいえ、天下の大将軍ランドール・オーウェルの息子だ。しかもオーウェル家は由緒《ゆいしょ》正しい大貴族。その上、数年のうちに第二王子と血の絆《きずな》を結ぶことになっている。そんなおまえが、孤児院上がりの庶民と、しかも男と、にっちもさっちもいかない関係になって、許されると思うのか？」

シリルの葛藤をフリップがそっくりそのまま言葉にしてしまう。

「そのくらいのこと、私が考えていないとでも？」

思わず笑いがこぼれた。

「おまえだけは私の味方になってくれると思っていた」

情けない言葉が口をついて出てしまう。

フリップがハッとしたように目を見開き、すぐ「悪かった」と言ってくれた。

「そうだよな、このくらいのことはとっくに考えているよな。すまない。責めるつもりはなかった。オレはおまえの味方だ」

肩を何度か叩かれる。うん、と頷いた。

「じゃあなおさら、あの子の今後を真剣に考えないと」

「わかっている。あんな家で冬を越すなんて辛すぎるからな」

「いやいや、もっと直近のことを考えろよ」

「直近？」

「すぐにでも王都に連れてきた方がいい」

フリップが真顔で忠告してきた。

「おまえは目立つ。頻繁《ひんぱん》に行き来していたら、そのうち村人にバレる。絶対に。その子は目が悪いって言っていたよな？　しかも防犯なんてなにそれウマいのって感じのボロい小屋に住んでいるんだろう？　有名人のシリルが親しくしていると知られたら、なにが起こるかわからないぞ」

「ソーウェル村はのんびりとした静かな村だぞ。治安はいい」

「だから、そういう問題じゃないって」

　ああもう、とフリップが悶《もだ》える。

「どんな善良な人間でも金に目が眩《くら》むことがあるし、おまえとお近づきになれれば出世できるかも、その子に親切にしてあげればシリルから礼金がもらえるかも、それかシリルとそういう関係だってことを村中に言いふらされたくなかったらなんでも言うことを聞けとか、下心満載の人間が集まってくるかもしれないってこと」

　まさかそんなこと、と笑い飛ばすには、やけに具体的だった。フリップは貴族とはいえ上位ではないため、市井《しせい》のことをよく知っている。本当にそういうことがあるのだろう。

「だから、もう王都に連れてきて、おまえの保護下に置いた方がいい。目の届くところで生活させるんだ」

「わかった。レヴィと今後について話し合ってくる」

「そうしろ」

「ありがとう」

　シリルは宿舎を出て、厩舎へ向かう。

今後について話し合う――。簡単なようでいて難しい。それはすなわち、シリルがレヴィに正体を明かすことに繋がるからだ。

森の墓地で会っていた人物が、ただの騎士ではなくシリルだと知ったとき、レヴィはどんな反応をするだろうか。

以前、シリルのことをレヴィは熱く語っていた。十年前、式典でたった一度、遠目で見ただけのシリルを、まるで昨日のことのようにレヴィは話した。

いくらそのつもりがなかったといっても、正体を隠して、レヴィを騙《だま》していたのは事実だ。怒るだろうか。引くだろうか。まともに会話をしてくれなくなったら悲しい。けれど最初に打ち明けなかった自分が悪いのだ。

嫌われたくない、好かれたい。シリルの願いはそれだけだった。

◇

約束していた二日後、レヴィはロム爺の手伝いを終え、午後になってから墓地に行った。

湿った風が吹いていて、昼なのに薄暗い。いまにも雨が降りそうな天気だったが、まだ雨粒《あまつぶ》は落ちてきていなかった。

いつもなら賛美歌を歌いながら野花を供え、騎士が来るのを待つ。けれど今日はなにもせず、じっと立ち尽くして耳を澄ました。

しばらくしてから、遠くの方で、かすかに羽ばたきの音が聞こえた。ゆっくりとした羽ばたきだ。森で一番大きな大鷲《おおわし》よりも、もっと大きな生き物が想像できる音。そしてたくさんの木々が一斉《いっせい》に風に煽られる音――。

レヴィは「ああ……」と両手で顔を覆った。

どうしていままで気付かなかったのだろう。歌うのをやめて耳をすませてみれば、こんなにはっきりと聞こえるのに。

想像もしていなかったからだ。雲上人が、こんな辺鄙な村の墓地に姿を現すことがあるなんて。

やがて落ち葉を踏みしめる足音が近づいてきた。あの人の足音だ。

「レヴィ、待たせたかな」

いつもの優しい響きがある低音が、ぼんやりとした姿とともにレヴィの前に来た。見上げれば、やはり頭はキラキラと輝いている。

「レヴィ?」

どうした、と騎士が黙っているレヴィに顔を寄せてきた。肌が白く、目鼻立ちが整っているようではあるが、はっきりとは見えない。

「騎士さま、こんにちは……」

「今日は土産がたくさんあるんだ。まずは日当たりのいいところでお茶を飲もうか」

墓地の隅に、いつものように二人並んで座りこむ。騎士は背負っていた布袋から水筒とコップを出し、まだ温かいお茶を注ぎ入れた。ふわりと茶葉のいい香りが広がる。

一口飲んで、レヴィは肩を落とした。このお茶を飲んだのは何度目になるだろうか。十年ぶりにまともなお茶を飲んだせいで、とびきり美味しく感じるのだと思いこんでいた。でも、きっとこのお茶は、すごく高級な茶葉で淹れたものなのだ。

「騎士さま、聞きたいことがあります」

「なんだ?」

「騎士さまは、シリルさまなんですか?」

息を飲む気配のあと、沈黙が続いた。

隣に座る騎士はゆっくりとお茶を飲むと、ひとつ息を吐き出した。

「黙っていてすまない」

ちいさく謝罪され、レヴィは項垂《うなだ》れる。

憧れのシリルといつのまにかお近づきになれていた嬉しさよりも、正体を隠されていた悲しみと別れの予感に胸が塞《ふさ》いだ。

きっとお忍びでここにやってきて、庶民の暮らしを調べていたのだろう。協力できたことを喜ばなければならない。

「あの、シリルさま」

レヴィは地面に両膝と両手をついた。

「知らなかったこととはいえ、いままで無礼な態度を取っていたことをお詫びします」

深く頭を下げる。慌てたように騎士――いや、シリルがレヴィの肩に手をかけた。

「やめてくれ、レヴィ。頭を上げて。君は私になにも無礼なことなどしていない。ただの一度も私は不快な思いなどさせられていないぞ」

もとのように座るよう促された。

「詫びなければならないのは私だ。騙すつもりはなかったが、最初に名乗らなかった。君は目が悪い。名乗らなければ私が何者かわからないのに、言わなかった。ただの騎士として君と知り合えたから、そのまま気安い関係でいたかったのだ。完全に私のわがままだ。君はなにも悪くない。本当にすまない」

キラキラと光る頭が下げられて、レヴィはびっくりした。

「レヴィ、私を嫌わないでくれ」

「嫌うなんて、そんな……。あなたはシリルさまでしょう。だれも嫌いません」

はあ、とシリルがため息をついた。

「だから正体を明かしたくなかった……」

その憂鬱そうな呟きが、意外だった。

シリルは希有《けう》な種族として大切にされ、美しい姿と明晰《めいせき》な頭脳を持っている。さらに大将軍の愛情と王家からの信頼、そして国中の民からの支持を集め、将来を約束されていた。すべてを手に入れているも同然だから、憂《うれ》いとは無縁だと思っていた。

「レヴィ、私は君と先入観なしに出会い、親しくなり、その関係が心地よかったのだ。一介《いっかい》の騎士が相手ならば、君は嘘をつかれていたことに怒っただろう。シリルだから許すのか」

「……ぼくに怒ってほしかったんですか？」

「いや、そういうわけでは……。そういうわけなのかな……？」

シリルは首を傾げたあと、「嫌われたくないのは本当だ」ともう一度言った。

「君は怒っていないのか」

「怒っていません。ただ、悲しかったです。その日暮らしの元孤児が珍しくて構ってくれていただけなのかなとか、社会勉強が終わったらもう会えなくなるのかな、とか思って」

「ちょっと待ってくれ。元孤児が珍しくて？　社会勉強？　なんのことだ。私はひとこともそんなことは言っていないはずだ」

「言っていませんけど、そうでしょう？」

「ちがう。絶対にちがう。いったいどうしてそんな発想に至ったのだ」

シリルが舌打ちした。シリルでも行儀悪く舌打ちをするのかと、レヴィはこんな場面なのにちょっと可笑《おか》しくなった。

「私は……ときどき、息抜きで空を飛ぶ。みなの望むシリル・オーウェルでいることに疲れるときがあるからだ。あの日、君とはじめて会ったとき、偶然、美しい歌声を耳にした。歌声に惹かれて、私はこの墓地にたどりついた。歌声の主は、君だった」

そっと手を取られる。布袋からシリルがなにかを取り出した。香油が入ったちいさな瓶だ。蓋を外すと覚えのある甘い匂いがした。

「君のような人は確かにいままで私のまわりにはいなかったが、珍しくて構っていたなんてことはない」

レヴィの手に、とろりと香油が垂らされる。それをシリルの大きな手が優しく塗り広げていった。気持ちいい。

「会いたいから会っていた。君と会っていると心が安らぐ。私はレヴィに出会えた偶然に感謝している」

「それは、ぼくだっておなじです。ぼくも、騎士さまに会うのが楽しみでした。だけど、ぼくはこんな顔ですし」

「それがどうした。火傷は君のせいじゃない」

香油を擦りこまれた指先がぽかぽかと温かくなった。シリルがレヴィの手を両手で包みこむようにして、ぎゅっと握ってきた。

「私を嫌わないでくれ」

「シリルさま……」

「二度と君を欺くようなことはしないと誓《ちか》う。だから、また会ってくれないか。頼む」

請うような声音にびっくりしてしまう。

「あなたがそんなことを言ってはいけません。ぼくの方こそ、これきりなんていやです。もっとお会いしたいし、もっとお話ししたい。でも……」

村でシリルのことを聞いて回っている男たちのことが思い出された。

「あなたがここに来ていることを、だれかに見られたようです」

白銀の竜について目撃情報を集めている男たちがいたことを、レヴィは話した。

「その人たちがどんな目的でシリルさまのことを探っているのかは、わかりません。なんとなく、いい雰囲気ではなかったです。見つかったら危険かもしれませんから、もうここには来ない方がいいと思います。ぼくは、とても寂しいけれど……」

「私はこれでも騎士だ。腕に覚えがある。そんなに心配しなくても大丈夫だ」

シリルがふふっと余裕たっぷりに笑った。

「その男たちがどこのだれかは知らないが、もし私を捕えて言いなりにさせようと考えているなら、そう簡単にはいかない。数人に囲まれたとしても、竜体の私に敵《かな》うものはいない。ああ、ひとりだけ、アランがいるな。私に勝てるのは、彼だけだ」

レヴィの片手を持ち上げて、なんとシリルは甲《こう》にくちづけてきた。

「ひゃっ」

変な声が出てしまい、レヴィはもう片方の手で口を覆った。

「変わった声が出たな」

「す、すみません」

「びっくりした？」

「びっくりしました」

どうして手の甲にくちづけなどしたのか、シリルは語ることなく手を離す。

「レヴィ、また会ってくれるか？」

「……はい……」

「本当に？」

「はいっ」

しっかりと頷けば、ホッと安堵《あんど》した雰囲気が伝わってくる。

「ありがとう」

シリルが優しく抱きしめてきて、鼻先が触れ合うほどに顔を寄せてきた。

「このくらい近づけば、顔が見えるか？」

「……見えます……」

いくらかはっきりと顔が見える。おそろしく目鼻立ちが整っているシリルの顔。十年前、姿絵で見たシリルよりも大人びて、とても凛々《りり》しい。まなざしがまっすぐに注がれていることがわかり、レヴィは恥ずかしさのあまり顔が熱くなった。

「近すぎます、シリルさま」

「でもこうしないと私の顔が見えないだろう？」

「うぅ、そうですけど……」

耐えられなくなって、レヴィは右目を固く閉じた。至近距離でシリルがくくく、と笑い声を漏らす。

「からかわないでください」

「すまない、あまりにも可愛いから」

「ぼくは可愛くありません。醜いんですから」

「醜くなどない。君は以前にもそんなことを言っていたな。レヴィに暴言を吐いた奴《ヤツ》はどこのだれだ。この村のものか？　孤児院のものか？　私が捕えてやろう」

笑い混じりの言葉だったが、どこか本気が潜《ひそ》んでいるような声に聞こえて、レヴィは具体的に名前を挙げることは避けた。

「ああ、天気が悪くなってきたな」

シリルが空を見上げながらそう言うので、レヴィも顔を上げた。話しているうちにいよいよ雨が近くなってきたようだ。日没《にちぼつ》までまだ間があるはずなのに、夕方のように暗い。

「雨が降り出す前に、残念だが今日はもう解散しよう」

もっとシリルと話したいと思ったけれど、こればかりは仕方がない。

「森の外れまで送っていこう」

シリルがはじめてそんなことを言ってくれて、離れがたいと思った心を読まれたのかと恥ずかしくなった。

「暗くて危ないから、手を繋ごうか」

シリルの提案に、レヴィはドキドキしながら手を差し出す。すこし暗いが夜ではないし、歩き慣れた道だ。ひとりで歩いても支障はない。手を引いてもらうまでもないからと断ることもできたが、そうしなかった。シリルと手を繋ぎたかったからだ。

「レヴィ、じつは今日、君に正体を質《ただ》されるまでもなく、すべてを打ち明けるつもりだった」

「そうだったんですか？」

「王都に出てくる気はないか？」

「王都ですか。十年前の式典以来、行っていません。連れて行ってくれた両親はもういないですし、ぼくひとりでは遠くて――」

「そうではなく、王都に住まいを移すつもりはないか、と聞いている」

「えっ……」

いったいなんのことかと足を止めたレヴィのために、シリルも止まった。

「今日はこの話をするつもりだった。だから私がシリルであることも明かさなければと思っていた。どうだ、君が王都に来てくれたら、いつでも会えるようになる」

いつでも会える――なんて魅力的な環境だろう。たしかにレヴィが王都に移り住めば、シリルの仕事が忙しいときでも顔を見ることくらいはすぐできるだろう。

「……でもぼく、引っ越すお金なんて……仕事も……」

王都で暮らしたことはないが、どんなに狭《せま》くて古い家でも家賃が高そうだ。食料品だって田舎《いなか》よりすこしずつ高いと聞く。そんなところで生活していく自信はない。

「その心配はしなくていい。家と仕事は私が用意しよう。君は身ひとつで来てくれたらいい。両親の墓参りがしたいときは、私がいつでも連れてくる」

それはつまり、シリルの経済力に頼るということか。シリルは歴《れっき》とした大貴族だ。所有する財産はレヴィには想像もできないほど莫大《ばくだい》で、人ひとりの暮らしを保証することなど容易《たやす》いのだろうが、頼ってもいいのだろうか。

いままで、この村から引っ越すなんて考えたことがなかった。王都への憧れはたしかに抱いているが、それは若者ならだれしもが夢見る類いのものだ。なにがなんでも行きたい、とまでは思っていなかった。

「私がレヴィと仲良くしていることは、たぶん近いうちに村人たちに知られる。騒がれてしまったら君の生活に支障が出るかもしれないし、私が容易に会いに来られなくなる可能性もある」

「えっ、それはいやです」

「私も嫌だ。だからいまのうちに君を王都に連れて行きたいのだ。王都では、私の大切なひとだと周知させて、堂々と会えるようにするつもりだ」

啞然としすぎてレヴィがなにも言えないでいると、「すまない、突然すぎたようだな。驚かせてしまった」と宥《なだ》めるように頭を撫でてくれた。

「大切なひとって……?」

どういう意味だろう。友達なら友達と言ってくれればいいのに、そうではないのか。

「大切なひととは、まあ、大切な存在ということだ」

「友達ではなく?」

「友達とはちがう。もっと深くて、もっと濃い感情を伴《ともな》うものだ」

よくわからなくてシリルを見上げる。するといきなり大きな体に包みこまれるように抱き竦《すく》められた。

「シ、シリルさま?」

頭のてっぺんにチュッと音をたててくちづけられた。ついで額にもチュッとされる。こんなこと、両親以外にされたことなどない。しかもきつく抱きしめられながらなんて――。

ぽかんと口を開けていると、「レヴィ、可愛い」という呟きとともに、シリルの顔が迫《せま》ってきた。

唇に、柔らかなものがきゅっと押しつけられる。わずかに見える右目に、シリルの伏せた睫《まつ》毛《げ》が見えた。白銀色だった。

シリルが顔を離しても、レヴィは魂《たましい》が抜けたように動けない。

「レヴィ、私の気持ちは、つまり、こういうことだ」

「こ、こういう……って」

じわりと顔が熱くなってきて、レヴィは慌てた。もがいてシリルの腕の中から逃れる。けれど離れることはできなかった。素早くシリルに腕を掴まれて、引き寄せられてしまう。

「逃げないでくれ。もうなにもしない。悪かった。君があまりにも可愛らしい顔で私を見つめるから、我慢できなかった」

遅ればせながら心臓がばくばくと激しく打ちはじめ、我慢ってなに、と顔がますます熱くなってくる。

「行こう。いまにも雨が降りそうだ」

腕を引かれ、ふたたび歩きはじめる。

「冗談ではないのはわかってほしい。私は本気だ。私は君がなによりも大切だと言える。本当は今日、いますぐ君を抱えて連れ去りたいくらいなんだ」

まるで夢物語のようだ。二本の足でいつものように歩いているはずなのに、ふわふわして現実感がない。

「できれば冬が来る前に、私が用意した王都の家に越してくれないだろうか。君が住んでいるいまの小屋は、あまりにも冬が辛そうだ。レヴィがひとりきりで寒さに震えているかもしれないと想像するだけで、私はきっと冬のあいだずっと眠れない」

いつのまにか森を抜け、家の前に来ていた。

「レヴィ、明後日、また来る。そのときにもっと詳《くわ》しい話をしよう」

レヴィがぼんやりしているあいだに、シリルは身を翻《ひるがえ》し、素早く森の中へと戻っていった。

しばらくぼうっとその場に立ち尽くしていたレヴィだが、雨が降りはじめたことに気付き、家の中に入った。

シリルの唇が触れた自分の唇に手を当ててみる。その瞬間の感触を思い出すと、わあっと大声で喚《わめ》きたくなってしまうのはなぜか。

「ぼくがシリルさまの大切なひと……。王都で暮らす……。信じられない」

どうしよう。こんなことって。なにもかもが夢のようで、冷静に考えられない。明後日、シリルはまた来ると言い残した。詳しい話をしよう、と。

行きたい。王都に、シリルのそばに行きたい。

この村で暮らしていたのは両親が眠る墓地があったからだ。親戚《しんせき》はいないし、友人もいない。親しくしているのはキャシーくらいだ。

いつでも墓参りに連れて行ってもらえるのなら、シリルの近くに住みたい。

「レヴィ」

外から声がかかった。キャシーの声だ。いま顔を思い浮かべていたところだったので驚いた。

「キャシーおばさん？」

「そうよ。レヴィ、開けてもいい？」

「どうぞ」

門はまだかけていなかった。キャシーが建て付けの悪い扉を軋《きし》ませて開けた。雨が降り出したからか、キャシーはショールを頭に被《かぶ》っている。手には野菜が入った籠があった。

「これ、レヴィにと思って……」

「わあ、わざわざ持ってきてくれたんですか。ありがとうございます」

籠を受け取ろうと手を伸ばしたレヴィに、キャシーが「さっき、見ちゃったんだけど」と切り出した。

「シリル様がここに来ていたわよね？」

ギクッと動きをとめて、それが事実だと全身で肯定してしまった。

「みすぼらしい騎士服に着替えていたみたいだけど、あれはシリル様だわ。あんな髪の騎士がシリル様以外にいないってことくらい、あたしでも知っているよ。森の中に入っていったってことは、こっそりと竜体になって王都に帰るんだろう？　白銀の竜をだれかが見かけたって話は、本当だったんだね」

興奮した調子でしゃべるキャシーを、レヴィは「落ち着いて」と動揺しながらも宥めた。

「キャシーおばさん、だれにも言わないで。シリルさまのこと。お願い」

「あんた、いつどこでシリル様と知り合ったんだい？　どういう関係なんだい？　遠目だったけど、その、シリル様に抱きしめられて、くちづけられていたように見えたんだけど」

そんなところまで見られていたと知り、レヴィは羞恥《しゅうち》のあまり全身を熱くした。

「あれは、その、シリルさまの親愛の表現というか、たいした意味はなくて――」

「そんなわけないでしょう！　家族でもないのにくちづけるなんて、シリル様はそんなに常識のない愚《おろ》かな男なの？」

「シリルさまは愚かではありません」

強く否定したレヴィに、キャシーは「あたしだってそんなふうには思いたくないわよ」と語気を荒らげる。

「だったら……だったら、あんた、シリル様とどうなっちゃってんのよ？」

「ぼくも、よくわかりません……」

そこでレヴィは、キャシーに経緯《けいい》を話した。

墓地でシリルと出会ったこと、何回もこっそり会って親切にしてくれたこと、孤児院での生活を話したこと。そして王都に移り住まないかと誘われたことも打ち明けた。

「あんた、それ……」

キャシーは絶句している。

「シリル様はあんたをどうするつもりなの。この村から出て、シリル様の力を借りて、王都で仕事を探すのは悪いことではないと思うわ。でも、あんたにくちづけるってことは、シリル様はそういう意味で呼び寄せようとしているわけでしょう。シリル様を信用したいけど、騙されているわけじゃないわよね？」

キャシーがそう思ってしまうのは仕方がない。それほどレヴィたち庶民にとって、シリルは雲の上の存在なのだ。

「……騙されているわけじゃないです。ぼくはシリルさまを信じます」

「レヴィ……」

「ぼく、歌を褒められたの、はじめてでした。この顔も、シリルさまは可愛いって言ってくれたんです。こんな酷いケガをしたのに、よく生きていてくれたと言ってもらえて、嬉しかった。だから……いいんです」

シリルが望むなら、どこへだって行く。

明後日、彼に会えたときにそう言おうと、レヴィは決意した。

曇天《どんてん》から雨粒がぽつぽつと落ちはじめた。自分が多少濡れるのは構わないが、レヴィをそんな目にあわせたくなかったので間に合ってよかった。

シリルは急ぎ足で来た道を戻り、森の中を進む。気持ちが浮き立っていた。

とうとうレヴィに正体が知られた。しかしレヴィは許してくれた。ぎこちない態度ではあったが、嫌われたようではなかったので、とりあえずホッとした。

王都に引っ越す話も切り出すことができてよかった。王都に住めばいつでも会える、という言葉に喜びを感じていたようなので、きっと近いうちに村を出ることを決意してくれるだろう。

王都に戻ったら、まず家を探そう。自分が通うことを考えたら一軒家がいい。そこに住まわせて、ゆっくりと愛を説《と》いていくつもりだ。

レヴィがシリルの求愛に応《こた》えてくれたなら、騎士の宿舎を出て、二人で暮らそう。レヴィがもう水仕事で手を荒らさなくてもいいように、気の利く使用人を雇いたい。

家計を任せられる者と、掃除洗濯の下働き、厨房《ちゅうぼう》の管理をする料理人、あと御者《ぎょしゃ》がいると外出時に便利だろう。四人は必要だ。

信用ができて優秀な使用人は、どうやって集めればいいのだろうか。十六歳で軍に入隊してから、ずっと宿舎暮らしのシリルにはわからない。フリップも似たようなものだろう。

「やはりアゼルに相談してみるしかないか」

アゼルはランドールの伴侶として、五十年以上もオーウェル家を取り仕切っている。もう何人も使用人を採用してきたはずだ。人柄や能力の見極め方を教えてもらいたい。

「そうだ、もう五十年以上も……」

シリルは今更ながらのことを思い出した。

人間と竜人族は寿命がちがうようだ。竜人族は長命だと聞いている。現に、アゼルはもう七十歳を過ぎているのに若々しい。

この国の人間の寿命は、六十歳から七十歳だ。

レヴィを看取《みと》ることになるのか——？

数十年後のそのときを想像して、シリルは目の前が真っ暗になる思いがした。

レヴィは十七歳だ。あと五十年。そのときシリルはまだ七十代で、寿命まで数十年はひとりで生きなければならない。

「いや、待て、レヴィは普通には老いないかもしれない」

ランドールは今年九十歳のはずだが、外見は四十代半ばにしか見えない。人間のはずなのにおかしい。アゼルと血の絆を結び、伴侶になったからだとしか思えない。

しかしアランの血の絆の相手で伴侶でもあるエリアスは、四十三歳という年相応の外見をしている。

ランドールが老いないのはなぜだ。特別に頑健な体をしているだけなのだろうか。アランがいても老いていくエリアスが普通なのだろうか。

なにか、もっとべつの要因があるような気がする。

もし血の絆を結ぶことで人間の老いをゆるやかにできるのならば、シリルはリンフォードとの約束を反故《ほご》にして、レヴィを選ぶときが来るかもしれない。

そうなれば、呑気に一軒家で愛を育《はぐく》むなどとは言っていられないだろう。王家の怒りを買う覚悟が必要だ。ランドールにも勘当されるかもしれない。

「もしそうなっても、レヴィを連れて逃げるだけだ」

そうだ、二人でこの国を出ればいい。シリルの翼があれば、どこへだって飛んでいける。なにがあってもレヴィを守るつもりだ。

シリルは自分に自信があった。

◇

夕方前に降り出した雨は、日没後に激しくなった。レヴィは雨漏りする場所に鍋や瓶を置き、いつもより早めに寝てしまおうと支度をしていた。

今夜はいい夢が見られそうだ。シリルのことを思い出すと、心がふわふわして体がぽかぽかと温かくなってくる。キャシーが持ってきてくれた野菜で美味しいスープが作れたし、幸せな一日だった。

（キャシーおばさん……）

両親を亡くしてからの十年間、キャシーだけがレヴィを気にかけてくれる大人だった。孤児院にいるあいだもたびたび面会に来てくれて、優しく励《はげ》ましてくれた。

レヴィがシリルを信じてついていくと断言すると、キャシーは複雑そうな口調ながらも、「あんたがそう決めたのなら、あたしはなにも言わない。頑張って、シリル様に気に入られるんだよ」と言ってくれた。

王都がいやになったらいつでも戻っておいで、とも言ってくれて、ありがたくて涙がこぼれそうになった。

明後日が楽しみだ。シリルはレヴィにわくわくした気持ちを運んできてくれる。また抱きしめてくれるだろうか。またくちづけてくれるだろうか。

くちづけのつぎになにがあるか、じつはよく知らない。男女の交わりですら、レヴィはなんとなくしかわかっていなかった。

生きていくのに必死で、そんなことを考える余裕がなかったし、そうした衝動《しょうどう》をかき立てるひとに出会っていなかったからかもしれない。

（シリルさま……）

あの逞しい胸に抱きこまれたときのときめきを思い出すと、腰のあたりがじんと痺《しび》れたように熱を孕《はら》む。股間《こかん》が危うく硬くなってしまいそうで、レヴィは慌てた。朝、寝起きに固くなっていることはあるが――。

寝台に腰掛けて、寝ようとしたのに寝られず、そんなことばかりを考えていたときだ。扉が外側からドンドンと叩かれた。

外は雨が激しく降っている。風も吹いているようなので、なにかが飛ばされて扉に当たったのかと思った。こんな時間にわざわざレヴィを訪ねてくる村人はいない。

またドンドンドンと叩かれて、「おい、ここを開けろ」と男の声で呼びかけられた。

びっくりして寝台から降り、「どなたですか」と問いかけてみる。だが返事はなく、さらに強い力でドンドン、ドンドン、と繰り返し叩かれた。そんなに乱暴にされたら、扉が外れてしまう。

村でなにかあったのかもしれない。十年前の火事のように、大変なことが。

レヴィは閂を外した。とたんに外側から扉が勢いよく開けられ、数人の男たちがどっと入ってきた。一瞬、闇《やみ》の塊《かたまり》のように見えたのは、男たちがみんな暗い色味の外套と帽子を身につけていたからだ。それが雨に濡れている。

「な、なんですか？」

とても友好的な雰囲気ではない。レヴィは震えながら狭い小屋の隅に逃げた。

「今日、森の中の墓地でシリル・オーウェルと会っていたのはおまえか」

先頭に立つ男がいきなり詰問《きつもん》してきた。それを聞いて、この男たちが村で白銀の竜について尋ねて歩いていた余所者《よそもの》たちだと気付く。

「し、知りません。なにかの間違い——」

「嘘をつくな!」

怒鳴られて、レヴィは竦《すく》み上《あ》がった。

「たしかにおまえだった。遠目だったが、その顔を見間違えるわけがない。墓地で話しこんだあと、この家までいっしょに歩いただろう。ずいぶん親しげにしていたが、シリルとはどういう関係だ」

「偶然、墓地で出会って……シリルさまは息抜きだと……」

体格のいい見知らぬ男たちに囲まれ、冷たく睨みつけられる。恐ろしくてなにをどう話せばいいのかわからない。ただ、この男たちがシリルに友好的ではないことは、わかった。

「息抜きなのは事実のようです」

いくぶん若い男が先頭の男に話しかけた。

「シリルはときどき空を飛んでいます。目撃された日時が自由時間とほぼ合致するので」

「なるほど、それでこの小僧《こぞう》と出会って、特別に親しくなったというわけか?　おい」

先頭の男がレヴィの髪を無造作に掴んだ。ぐっと持ち上げられ、俯いていた顔を無理やり上げさせられる。

「痛っ」

頭皮が引っ張られ、左顔面の火傷痕も引き攣れた。ズキッと痛みが走る。

「シリルは変わった趣味をしているようだ。こんな醜い顔をした子供が好みとは」

「ぼ、ぼくは成人しています」

子供じゃない、と訂正したが、「それが？」と鼻で笑われた。

「おまえが何歳だろうと関係ない。とにかく、おまえはシリルに気に入られている。利用できそうだ」

先頭の男が顎《あご》をしゃくるようにすると、両脇にいた男たちがレヴィに縄をかけた。

「なに？　ぼくをどうするの？　利用って？」

「役立ってもらうのさ、俺たちのために」

「なにをさせるつもり？　ぼくはなにもできないし、シリルさまはぼくなんか――」

「静かにしろ！」

横から拳《こぶし》が飛んできた。ガツンと右頬に重い衝撃があり、レヴィの軽い体が土間に横倒しになる。頭がくらくらして、なにが起こったのかわからなかった。

殴られたのだと理解したのは、右頬がカアッと熱くなってきて、口の中に鉄錆《てつさび》の味が広がったからだ。

呆然《ぼうぜん》としていると頭から大きな麻袋を被せられ、荷物のようにだれかに担《かつ》がれる。

そのままレヴィはどこかへ連れ去られてしまった。

◇

一日の勤務が終わり、シリルはフリップとともに報告のために軍の施設に立ち寄った。

今日も一日、王都マクファーデンはなにごともなく平和だった。

報告などフリップに任せて買い物に行きたい。明日はレヴィと会う約束をしている日だった。いまから手土産にする古着を買いに行くつもりだ。早く行かないと店が閉まってしまう。

「シリル、これ」

フリップが紙片を渡してきた。王都内の物件を扱う業者の名前が書かれている。

「ここが良心的だそうだから、行ってみろ」

「ありがとう。明日の午前中に訪ねてみる」

「午後はレヴィと会う予定なんだろう？　こっちに越す話を詰めてくるのか」

「そのつもりだ。感触は悪くなかったと思う」

「そりゃ天下のシリル様が誘えば、大概《たいがい》のやつはイチコロだろ。さっさと正体を明かしておけばよかったものを、ぐずぐずしやがって」

「引かれると思ったんだ。実際、引かれた。嫌われなくて本当によかった」

「一日も早く、こっちに連れて来いよ」

「わかっている」

報告書に適当に書きこんで、それを提出しようと窓口に行った二人を、アランが待っていた。

軍の施設とはいえ、書類をまとめる係のものたちは現場の兵士とは無縁だ。日に焼けていない細身の役人たちの中、長身で筋肉隆々とした色黒のアランは異質だった。

こんなところにはめったに姿を現さない大佐をどう扱っていいかわからないようで、周囲のものたちが困惑しているのがわかる。

「アラン大佐、どうしましたか」

「どうもこうも、おまえたちを待っていた」

ちょっと来い、と廊下の隅まで連れて行かれる。叱られるわけではないらしい。シリルとフリップは顔を見合わせた。

「おまえら、このあいだソーウェル村の孤児院の不正を摘発しただろう。その村の知り合いっていうのは、レヴィ・フレインという名の十七歳の男か？」

ギョッとして目を丸くしたシリルを見て、アランが「ああ、そうか……困ったな」としかめっ面になる。

「どうしてあなたがレヴィの名を知っているのですか。年齢まで」

「レヴィ・フレインが今朝から行方不明だと、ソーウェル村のキャシーという女から届けが出ている」

「なんだって？」

思わずシリルはアランに詰め寄った。相手が年長者だとか、上司だとかは瞬時に頭から消え去っている。

「どういうことだっ」

「落ち着け、シリル」

「落ち着いていられるか！　レヴィが行方不明とはなんなんだ」

「そのキャシーという女が今朝レヴィ・フレインの家に行ってみたところ――昨夜の雨で家の雨漏りが酷くなっていないかとか、そういう理由だったそうだが、行ってみたら扉は開けっぱなしで家主はおらず、家の周囲のぬかるみには、複数の人間の足跡がついていたらしい。すこし離れたところには馬車の跡もあった。キャシーはレヴィが夜中のうちに連れ去られたと考え、すぐに村の役場に届けを出した。その届け出には、とにかく一刻も早くシリルに伝えてくれと注釈を付けるように求めたらしい。レヴィがおまえと知り合いだと、キャシーは知っていたからだろう。おまえは巡回中だから俺のところに届いた。ついさっきだがな」

レヴィが連れ去られた？　いったいだれに？　複数の足跡とはどういう意味だ？　個人では

なく集団でレヴィの家を襲ったのか？

はっきりしていることは——。

「私のせいか……」

愕然《がくぜん》と立ち尽くすシリルを、フリップが「しっかりしろ」と叱咤《しった》した。

「その場で殺さずに連れ去ったということは、生きているレヴィが必要だったからだ。ショックを受けている場合じゃないぞ」

フリップに肩を摑まれて、ぐらぐらと揺すられた。そうだ、レヴィは連れ去られた。どこかで生きているはずだ。

「ソーウェル村には、最近、白銀の竜の目撃情報を集める不審な男たちが出没《しゅつぼつ》していたらしい。フリップの言うとおりだ。レヴィはシリルを手に入れる前段階として拉致《らち》されたとみて間違いない」

レヴィから、村に現れた不審な男たちの話は聞いていた。けれどシリルは、人間が束《たば》になってかかってきても打ち負かすことができるからと、たいした問題だとは思わなかった。

自分が攻撃対象ならば、自分だけが立ち向かえばいいと浅く考えていたのだ。フリップに忠告されていたことも、真剣に受け止めはしたが、まさか本当にレヴィに矛先《ほこさき》が向かうとは思っていなかった。浅はかだった。

（レヴィはあんなに小柄で細くて、目が不自由なのに、夜中に複数の男たちに押し入られ、どれほど怖かっただろう……）

レヴィの恐怖を想像すると、息が出来ないほど苦しくなる。

ケガはしていないだろうか。いまどこで、どんな扱いを受けているのだろうか。心配でならない。

シリルとの交渉《こうしょう》材料にするつもりならば、レヴィを殺すことはないだろう。しかし五体満足で返してくれるかどうかは、いまのところわからない。

「アラン大佐、私はいますぐレヴィを探しに行きますので、失礼します」

「待て待て。ひとりでは無理だ。先走るな」

「しかし――」

「ひとつ聞かせろ。シリル、レヴィって奴は、おまえの大切な存在なのか」

こうなっては隠していても意味はない。シリルははっきりと頷いた。

そうか、とアランはひとつ息をつく。

「まあ、ぼちぼちそういう年頃だな。浮いた話がひとつもないから心配していたが、大きなお世話だったってことだ。自分で勝手に見つけていたか」

アランの感慨《かんがい》深げな述懐に、シリルは苛立《いらだ》った。そういうことはすべて片が付いてからやってほしい。

「アラン大佐」

「ああ、はいはい。わかってるって。おまえはこの国の宝だ。その宝の大切な存在なら国を挙げて守らなきゃならん。なんとしてでも助けだそう」

「ありがとうございます」

「礼なんかいらん。そもそも竜人を言いなりにさせるために成人したばかりの非力なガキを攫《さら》うなんて、やり方が汚すぎる。気に入らんな。めちゃくちゃ気に入らん」

いつもの飄々《ひょうひょう》とした態度でいながら、じつはそうとう腹を立てていたらしい。アランの目がギラギラと燃えるように光り出す。

「将軍に話を通して軍総動員で捜索《そうさく》するから連携《れんけい》しよう。おまえは空から探せ。フリップ、いっしょに行け。シリルの補佐をしろ」

アランは踵《きびす》を返すと、ランドールの執務室へ向かって駆け出した。

シリルとフリップも、厩舎に戻るために施設を飛び出したのだった。

◇

痛い――。

レヴィは土でザラついた板間に転がされ、男たちの背中を見ていた。

体のいたるところがズキズキと熱を孕《はら》んでいる。殴られたり蹴《け》られたりしたところが腫《は》れているのだろう。動くと痛いので、レヴィはじっとしていた。

逃げようとして失敗し、男たちを怒らせたせいだった。

攫われてから二日がたっている。

夜中に家から連れ去られたレヴィは、男たちの馬車に乗せられてどこかわからない場所まで運ばれた。

ずっと麻袋を被せられていたので、どこをどう移動したのかまったくわからない。途中で朝になったのは、男たちの会話から察した。

かなり長い時間、馬車に揺られ、やっと下ろされたのが、いまいる山小屋だった。道なき道を進んでいるのではと思わせる揺れ方だったが、当たっていたようだ。

どこの山かわからない、ぽつんと建っている山小屋に、男たちに連れられて入った。山小屋の中には、薪《まき》と食糧が備えられていて、彼らが無計画にレヴィを攫ったわけではないとわかる。

レヴィの目がほとんど見えないとわかった男たちは、手足を拘束《こうそく》することなく山小屋の隅に放置した。唯一の出入り口は男たちの向こうにある。数えてみると五人いた。レヴィがどう足掻《あ》《が》いても敵いそうにない。

男たちは火を焚《た》いて囲みながら、今後の相談をぼそぼそとしはじめた。

「まずシリルに連絡を取らないと」

「下っ端の兵士が買収済みだ。そいつを使って呼び出そう」

「どこへ呼び出す?」

あそこがいい、あそこはダメだ、ここがいい、ここはダメだ、と彼らの意見はまとまらない。

「いっそのこと、コーツ王国内まで来させようか。あいつならひとっ飛びだ」

「いや、それは目立ちすぎる」

「月のない夜中ならいいだろう」

コーツ王国という国名が耳に届いた。国境を接している隣の国だ。レヴィが生まれるずっと前に、このサルゼード王国といざこざがあったのは知っている。

(シリルさまはコーツ王国に利用されようとしているんだ……。ぼくが捕まってしまったせいで)

大好きなシリルに迷惑をかけてしまう。優しいシリルのことだ、きっとレヴィのことを見捨てられない。この国にとって重要な存在なのに、レヴィのせいで。

どうか底辺に生きる庶民のことなど気にしないで、こんな男たちの言いなりにならないでほしい。

(ぼくはどうなってもいい。捨て置いてくれていいから、この国と敵対する存在にならないでほしい。だってこの国には、シリルさまを育てたアゼルさまと将軍さまがいる。王家の方々だってシリルさまのことを気に入っているって聞いた。お願いだから、ぼくのことなんか気にしないで)

レヴィは心の中で必死に祈った。同時に、必死に考えた。シリルに迷惑をかけないようにするには、どうしたらいいか。

レヴィが囚《とら》われの身でなくなれば、一番早い。なんとかして逃げよう、と決めた。

五人いる男たちの中から、三人が山小屋を出て行った。レヴィの不在が問題になっていないか、なにか異変が起きていないか、街道まで様子を見に行くらしい。

残った二人の男は、焚き火の前で居眠りをはじめた。二人の男が完全に寝入るまで、レヴィはじっと動かずに待った。いまが何時かわからないが、幸いにも外は明るい。

男たちの鼾《いびき》が聞こえはじめた。レヴィはそっと山小屋を出る。

出てみたが、ここがどこかわからない。どの方角へ行けば人里にたどり着けるかもわからない。けれどじっとしているわけにはいかなかった。

レヴィはぼんやりとしか見えない目で、なんとか歩き進んだ。しばらくして背後で男の声が聞こえた。逃げ出したことに気付かれて、もう見つかってしまったらしい。

レヴィは走り出した。何度も転びながら、必死で走った。走って、走って、捕まった。

「おいこら、手間かけさせんじゃねぇよ！」

襟を鷲掴《わしづか》みにされ、力任せに顔を殴られた。地面に叩きつけられたところを踏まれた。さらに蹴られた。レヴィは歯を食いしばって暴行に耐えた。

ボロボロになったレヴィを、男たちは山小屋に運びこみ、今度は手足を縛《しば》った。

戻ってきた三人の男たちがレヴィの有様《ありさま》に驚き、水も食事も与えていないことを聞いて留守番役の二人の男と怒鳴りあいのケンカになった。

レヴィは拘束《こうそく》を解かれ、食事を与えられた。口の中が何ヵ所も切れていて染みたが、我慢して食べた。食べなければ、いざというときに走れないと思ったからだ。

レヴィはまだ逃げることを諦めていなかった。シリルに迷惑をかけたくない、ただそれだけが頭にあった。

「街は大騒ぎだ」

偵察《ていさつ》に行った三人が言うには、レヴィがいなくなったことで軍が動き、片っ端からあやしい風体《ふうてい》の男を捕え、街道沿いだけでなく、あらゆる宿屋や空《あ》き家《や》が捜索されているらしい。

男たちが話し合っているのを、レヴィはあちこちが痛む体を汚れた板間に横たえて、こっそりと聞いていた。

「マズいぞ。ここにもいつ軍が来るかわからない」

「こんなガキひとりがいなくなったくらいで、軍が動いたのか」

「シリルが将軍に頼んだんじゃないか？　それほどこのガキが特別なんだろう」

男たちの話に驚愕《きょうがく》しながらも、レヴィは黙っていた。本当は、シリルが自分を探してくれていると知って、涙が出るほど嬉しかった。

「どうする。こんなに早く、しかも軍がおおっぴらに動くとは思っていなかった。想定外の事態だ。秘密裏にシリルを呼び出すはずが、そう簡単に接触できなくなった」

「シリルがいまどこにいるかわからない。捜索隊に加わっているそうだ」

「それよりも、我々の正体が軍に突き止められたら、大変だぞ」

ひとりの男が緊張感いっぱいにそう言うと、ほかの男たちがしんと黙った。

「……とりあえず、ここから移動しよう」

だれかが提案した。

「どこへ行くと言うんだ」

「もっと山奥だ。ここは人里に近すぎる。ひとつ、山を越えよう」

この山小屋が、意外と人里に近いところにあると知った。

「東の山を越えたところに廃屋《はいおく》がある。元は炭焼き小屋だったらしいが」

「そこでしばらく様子を見るか。しかし、そうするには食糧が乏しいぞ」

「食糧の買い出しに行くものと、先に山を越えるものに分かれよう。集団行動はできない。三人でも目立つ。二人一組で――」

男たちの意見がまとまった。レヴィは目が悪いうえに暴行の傷が癒えておらず、山道など歩けそうにないと弱々しく訴《うった》えた。一番若くて体力がある男に背負われて山越えをすることになった。

空はまだ明るい。しかし日没まではそう時間がないだろう。できるだけ山小屋から離れ、今夜は野宿するらしい。

若い男の背に揺られながら、レヴィは逃げる機会を窺っていた。全身の鈍痛《どんつう》は消えていないが、気力は萎えていなかった。

レヴィを背負う若い男は体力がありそうだった。けれど、道なき道を上っているうちに呼吸が乱れ、先導している男から遅れはじめる。かなりの距離が開いたとき、レヴィは行動に出た。

無防備にレヴィの目の前に晒《さら》されている耳に、思い切り噛みついたのだ。

「ウアァッ！」

叫び声とともにレヴィは地面に放り出された。背中から落ちた痛みに耐え、すぐに起き上がる。口元がぬるつくのは男の血だろう。

それを腕でぐいっと拭《ぬぐ》い、レヴィはよく見えない目で山を駆け下りた。

◇

シリルは竜体になり、空からレヴィを探していた。フリップは馬とともに山の麓《ふもと》で待っている。半刻ほど飛んではフリップの元へ戻り、報告することを繰り返していた。

王都の東側に広がる低めの山々の山頂付近は、落葉樹の葉がずいぶん落ちて見通しがよくなっていた。しかし中腹から下はまだ半分ほどは葉が茂っている。

木々のあいだから、猟師用の山小屋が見えた。その煙突から、細く煙がたなびいている。上空からでは人の気配はわからない。

シリルは高度を下げて様子を探ろうとした。

そのときだ、悲鳴が聞こえた。男の野太い声だった。レヴィではない。だがなにかがあったらしい。

シリルは声が聞こえた方へと向かった。山の斜面を転がるように走る小柄な人影と、それを追っているように見える二人の屈強な男が見えた。

（レヴィ！）

小柄な人物はレヴィだ。どれほど距離があろうともシリルは間違えない。あれはレヴィだ。懸命に走るレヴィだが、男たちに追いつかれ、地面に引き倒された。

（レヴィになにをする！）

シリルは男たち目がけて急降下した。ウオォと吠える。男たちがこちらを見上げ、目を丸くした。

「竜だ！　白銀の竜！」

レヴィを離し、男のひとりは外套の内側から短剣を出した。もう一人は背負っていた弓を構え、つがえた矢をシリルに向ける。飛んできた矢が腹部に当たったが、それしきで竜人族の鱗に傷はつかない。痛くも痒《かゆ》くもなかった。

「シリルさま！」

地面に転がったままレヴィが見上げてくる。その顔は腫れ上がり、唇が切れ、血がこびりついていた。

レヴィが男たちにどんな目に遭わされたのかがわかり、シリルの頭に血が上った。

（レヴィ！）

オオォォォ――と怒りの咆吼《ほうこう》を上げ、後ろ足の長い爪で男たちに攻撃を仕掛ける。竜の爪は外套の生地くらい簡単に裂いた。

「ぎゃぁ！」

ざっくりと腹部を切り裂かれた男が悲鳴を上げる。男が鮮血を滴《したた》らせながら倒れた。

（レヴィ、レヴィ！）

低い位置を飛びながら、レヴィから視線を逸らさないようにする。人間の姿になってケガの状態を見たかった。けれど服を持ってきていない。もちろん武器もない。もうひとりの、矢を持つ男をどうにかしないと――。

「こっち来るんじゃねぇ！」

闇雲に矢が放たれる。カツンカツンと鱗に覆われた体に当たって落ちた。そのうちの一本が、ひゅん、と顔の近くの空気を貫いた。

次の瞬間、左目に痛みを覚える。いや、左目ではなく、目尻だ。視界がじわりと赤く染まった。矢尻が掠《かす》ったらしく、出血している。

「おいこら、おとなしくしないと、もう片方の目も潰《つぶ》すぞ！」

矢を射た男が得意げになって怒鳴ってきた。

「えっ、なに？　どうしたの？　シリルさま？」

見えていないレヴィがおろおろしている。

「ガキ、こっちに来い」

「シリルさまになにをしたの？」

「おまえの目とお揃《そろ》いにしてやっただけさ」

笑い混じりの言葉にレヴィが真っ青になっている。愕然として動けないでいるレヴィに、男が駆け寄った。

「おまえは大切な人質だ。おとなしくしろ」

レヴィが男の手に捕えられたら、シリルは手も足も出なくなってしまう。シリルは長い尾を振り回した。思い切り男を薙《な》ぎ払《はら》う。

「うわぁ！」

男の体が宙に浮く。その背後は崖だった。

「う、あぁーっ……」

崖の下に消えていく男の安否《あんぴ》など知らない。

シリルは空中で人間の姿になり、地面に降り立った。全裸のままレヴィを抱きしめる。

「シリルさまっ」

「レヴィ、ああ、見つかってよかった。レヴィ」

ちいさな顔を上げさせて、ケガの具合を見る。殴られたようだ。唇の端も切れている。口のまわりの血は本人のものではなさそうだ。

「男のひとりの耳に嚙みつきました」

「勇敢《ゆうかん》だな、レヴィは」

誇らしげに報告してきたレヴィをもう一度抱きしめた。レヴィの右目の視線が、シリルの顔にじっと注がれている。

「左目から血が……」

「たいしたケガではない。目尻が切れただけだ。眼球には傷がないようだから、ちゃんと見えている」

「本当に？」

「本当だ」

レヴィの右目に涙が滲んでいる。

「怖かったか？　私のせいで酷い目にあったな。悪かった」

「いいえ、シリルさまのせいではありません。悪巧《わるだく》みをした方がいけないんです。それに、これは怖かったから泣いているわけではありません」

レヴィの目尻からきれいな涙が転がり落ちる。汚れた頬に一筋の跡がついた。

「生きて、ふたたびシリルさまに会えたことが嬉しくて、泣いているんです。ぼくを探してくれて、ありがとうございます」

「ああ、レヴィ」

愛《いと》しさが爆発しそうだった。可愛いレヴィ。芯の強いレヴィ。健気《けなげ》で、一途で、いつも一生懸命で――。

「レヴィ、愛している」

「シリルさま……」

「愛しているんだ、君を」

「ぼくも、あ、愛して、います」

「レヴィ!」

思い切り抱きしめて、くちづけた。レヴィの唇はかさかさに乾いていた。それを舌で舐《な》めて潤し、唇をぴったりと重ねて、口腔《こうこう》を舌でまさぐった。

レヴィの舌を見つけ出し、ねっとりと絡める。甘い唾液《だえき》を味わって、歯を一本一本、舌で舐めてなぞった。上顎も、下顎も、歯茎も、殴られたときに傷ついたらしい頬の内側の傷もぜんぶ、執拗《しつよう》に舐める。ときおり血の味がしたが、気にしなかった。

レヴィのすべてを食べてしまいたいくらいに愛しかった。抱きたい、という欲望が頭をもたげる。これほど強い衝動に襲われたのは、はじめてだった。

そっと顔を離したときには、レヴィは頬を上気させ、目を蕩《とろ》かせて立っていられないくらいに全身をくたくたにしていた。

幼い色香を放つレヴィに、シリルは目眩《めまい》に似た興奮を覚える。

「シリルさま……好きです。とっても好き……ぜんぶ好き、愛してる……」

すがりついてくる細い体をさらに抱きしめた。レヴィが伸び上がってシリルの顔に口を寄せ、目尻の傷を舐めた。ぺろぺろと血を舐め取っているレヴィを好きなようにさせる。

不意に、視界が真っ白になった。なにも見えない。シリルとレヴィから眩しいほどの白い光が放たれている。

「シリルさま……？」

怯《おび》えるレヴィをきつく抱いた。光はほんの数秒で唐突に消えた。

なにごともなかったかのように、夕暮れどきの山の静けさが戻ってくる。

「いまの、なんだったんですか？」

レヴィが小声で聞いてきた。なんだったのか、シリルはなんとなくわかっていた。

（……血の絆だ……）

お互いの血を舐めあったことで、血の絆が結ばれたのだ。シリルとレヴィのあいだで。

シリルの脳裏に、第二王子リンフォードの優しげな顔がよぎった。

血の絆は、生涯にひとりだけと結ぶことができる。複数の人間とはできない。しかも、血の交換をすればかならずしも成立するものではないと、アゼルとアランから聞いている。

絶対的な信頼関係と、生涯を捧《ささ》げる覚悟がなければだめだと。

「シリルさま？」

不安そうに見上げてくるレヴィの頬にくちづけて、シリルは笑ってみせた。

リンフォードとの約束を反故にしてしまった責任は、すべて自分にある。レヴィは関係ない。たとえ王家の不興を買ったとしても、全力でレヴィを守るだけだ。

「ん？」

遠くの方から人間の声が聞こえてきた。耳を澄ますと、「いまの光はなんだ」「竜か？」「人質のガキはどうした？」とかすかに耳に届いてくる。レヴィを拉致した男たちの別動隊が、いまの光を不審に思ってこちらに向かっているようだ。軍の関係者ではない。

「レヴィ、とりあえずこの場から去ろう。私が竜体になって、君を運ぶ。空を飛ぶことになるが、しばらく辛抱《しんぼう》してくれ」

「はい」

レヴィがしっかりと頷いたので抱擁《ほうよう》を解き、シリルは距離を置いて立った。即座に竜体に変化する。

「わぁ……」

レヴィが感嘆の声とともに見上げてくる。怖がられていないことが嬉しい。

（さあ、レヴィ、おいで）

「あれ？　シリルさまの声が頭の中に聞こえる……？」

レヴィが戸惑ってきょろきょろしている。やはり血の絆が結ばれたのだ。人間の言葉が話せない竜体時に意志の疎通《そつう》ができるのは、血の絆のひとつの特徴《とくちょう》だと聞いている。

もたもたしているあいだに、人間たちの気配が近づいてきていた。

（レヴィ、急ごう。私の手の中におさまってくれないか）

「あ、はい」

シリルは近づいてきたレヴィを前足でしっかりと摑み、翼をはためかせる。一気に空に舞い上がると、悠々と山を越えた。

◇

レヴィを攫った男たちから逃れ、山をひとつ越えた谷で、シリルが地面に降り立った。前足に摑まれていたレヴィはそっと下ろされる。

目の前には小川があった。人っ子一人いない場所になぜ降りたのかと不思議がるレヴィの前で、シリルは人間の姿に戻った。

「目を洗いたい」

そう言って、全裸のまま岩を軽々と越え、小川でばしゃばしゃと顔を洗う。どうやら目尻の傷から目に入った血が不快だったらしい。

小川の中で立ち上がったシリルが振り返る。

薄暗くなってきた渓谷《けいこく》に立つ、美しいいきものを、レヴィは魂を奪われたようになって見つめた。

均整がとれた伸びやかな四肢《しし》、鍛えられた筋肉、自信があふれた立ち姿は、まるで戦いの神のようだ。

股間の陰《かげ》りにある一物もシリルに相応《ふさわ》しく立派で、レヴィはともすれば凝視《ぎょうし》してしまいそうになるおのれを諌《いさ》めて、ドキドキしながら視線を逸らした。

そこでやっと、右目がよく見えていることに気付いた。十年前の火事の日から、薄ぼんやりとしか物を捉《とら》えることができなくなっていたのに、なぜ急にはっきりと見えるようになったのだろうか。

不思議に思ったが、たとえいまだけの幸運だとしても見えるのは嬉しい。大好きなひとの、震えるほどに美しい姿を鮮明に記憶することができる——と受け入れた。

明日の朝、もとの目に戻っていたとしても、絶望はしない。残念ではあるけれど。

「レヴィ、そんなにこちらを見ないでくれ。君の目がはっきり見えていないとわかっていても、多少は羞恥を感じる」

苦笑しながらシリルが戻ってくる。レヴィは顔を熱くしながら俯いた。

「着替えを持たずに竜体になったので、人間の姿になるとこうなる。仕方がない」

シリルが濡れた両手で白銀の髪をかき上げる。そんな何気ないしぐさが格好よくて、ついレヴィはまた見てしまった。

「……レヴィ」

「あ、はい、ごめんなさい。もう見ません」

慌ててシリルに背中を向ける。すると後ろから抱きしめられた。項《うなじ》あたりに柔らかなものが押し当てられる。チュッと秘めやかな音がして、シリルの唇が吸いついたのだとわかった。カーッと首が熱くなってくる。

「レヴィ、心臓の音が凄《すご》いな」

シリルに指摘され、レヴィの心臓はさらに激しく暴れはじめた。きっと全身が赤くなっている。

「レヴィ、私を意識しているのか」

「……しないわけが、ありません」

「そうだな。私もいま精一杯、理性的であろうと努力しているが、危ないかもしれない」

められた。

「私がそうなってはおかしいか？」
首を捻《ひね》って背後のシリルを見上げる。腕の中でくるりと向きを変えられて、正面から抱きしめられた。

「シリルさまが？」

「山をひとつ越えたし日が暮れたから、あの男たちはもう追ってこられないだろう。愛するものを無事に助け出すことができたのだ。嬉しさと安堵と愛しさが体の中でぱんぱんに膨れ上がっている感じがする」

密着しているシリルの胸の奥で、レヴィと同様に心臓が激しく脈動しているのが伝わってくる。シリルも自分とおなじなのだと思うと、愛しさがさらに膨らんだ。

「シリルさま……」

自分からシリルにしがみつき、裸の胸にぐっと顔を押しつけた。滑《なめ》らかな肌は温かく、晩秋の山はしだいに気温を下げてきたというのに、シリルはまったく寒さを感じていないようだった。

衝動的に、その肌に唇を押し当てる。剝《む》き出《だ》しの胸にくちづけただけで、レヴィは酩酊《めいてい》したように頭がぼうっとした。

「レヴィ、そんなことをしたら、我慢できなくなってしまう……」
掠《かす》れた声とともにきれいな顔が近づいてきて、レヴィはくちづけられた。再会したときのような濃厚なくちづけの予感がして、レヴィはかすかに背筋を震わせる。

「あ、んっ」

舌と舌を絡める快感に、レヴィはすぐ夢中になった。一瞬も離れたくない勢いで吐息を交換しあう。

体がかつてないほどに熱くなり、股間《こかん》に痛みを感じた。レヴィは立っていられなくなり、シリルにぶら下がるような体勢になってしまう。

ふわりと体が浮いたと思ったら、シリルに横抱きにされていた。そのまま地面に下ろされる。何層にも重なった落ち葉の上は、ふかふかとしていて気持ちよかった。

「レヴィ……」

大きな手で火傷の痕がある左頬を撫でられる。それだけでも気持ちがいい。

「ここで、いま、君のすべてをもらってもいいだろうか」

なにをするつもりなのか、なにをされるのか、レヴィはよくわからなかった。けれどシリルが求めていることならば、なんでもしていい。レヴィはそのためにここにいるのだ、と思った。

「はい、どうぞ」

だから躊躇うことなく頷いた。

「レヴィ、愛している」

「ぼくも、あ、愛して、います……」

恥ずかしくて、なかなかシリルのようにするりとは言えない。ふっと笑ったシリルの水色の瞳が、とても優しい光に満ちていた。

「シリルさま、きれいな瞳……」

心のままに囁くと、「見えるのか」と確認するような口調で聞かれた。

「なぜか見えます。もうこんなに暗くなってきたのに」

「そうか」

シリルの手がレヴィの服を脱がしていく。気持ちが高ぶっているせいか、それともシリルが熱を放出しているように温かいせいか、寒くはなかった。

痩せた体が恥ずかしかったが、シリルは全身を愛しそうに撫でてくれて、何度も「可愛い」と囁いてくれた。

男同士は後ろを使うと教えてくれ、そこを丁寧に舌で濡らし、指で解《ほぐ》してくれる。最初は違和感しかなかったのに、ずっと弄《いじ》られているうちに心地よくなってきたのが不思議だった。

「あ、あ、あぁ、シリル、さまぁ」

「痛い?」

「痛…く、ない、です。なんか、変っ」

「痛くないなら、もうすこし頑張ろうか」

挿入《そうにゅう》されている指が一本から二本、そして三本と増やされていく。いつの間にか両足を限界まで広げ、すべてをシリルに晒《さら》していた。

「シ、シリルさま、恥ず、かし……、これ、やです、見ないで、見な……」

「そう？　なら、もっとくっつけば見えなくなるかな」

シリルは微笑み、レヴィに覆い被さってくる。そのシリルの重みを、レヴィは深く息を吐き出しながら受け止めた。

「あ……」

後ろから指が抜けていく。かわりに、もっと大きなものがあてがわれた。

「レヴィ、ゆっくりするから、すこしだけ、我慢してくれ」

「あ？　はい」

状況が飲みこめていないのに、レヴィは頷いた。シリルに逆らうことなど頭にない。すべてシリルに任せればいいと、信じ切っていた。

ぐぐっと後ろに太いものがめりこんでくる。

シリルの性器だとわかった。そうだ、後ろで繋がるのだった。大好きな人が、体を繋げたいと望むのだから、レヴィは耐えるだけ。

はぁはぁと浅い呼吸をして痛みを逃がしながら、レヴィはシリルの屹立《きつりつ》を受け入れた。

「痛いか？　すまない。はじめての夜をこんな場所で、準備もなく、君に強《し》いてしまった」

根元まで埋めこまれたものが、レヴィの腹の奥で熱く脈動を響かせている。じんじんとした痛みと経験のない圧迫感に胸を喘《あえ》がせながらも、レヴィはシリルとひとつになれた喜びに目を潤ませた。

「いいんです。シリルさまと繋がれて、幸せです。お腹があったかい感じがします」

レヴィは自分の薄い腹を手で擦《さす》った。

「シリルさまはおっきくて長いから、きっとこのあたりまで来ていますよね？　あっ……」

どくん、とシリルの性器が震えてさらに大きくなったような気がした。顔をしかめたシリルが、「煽るようなことは言うな」と苦しそうに呻《うめ》く。

「ごめんなさい、言ってはいけないことを言っちゃいました？」

「いや、いけないわけではない」

はぁ、とシリルが熱い息を吐く。

「動いてもいいか？　もう限界だ」

「はい。どうぞ」

「どうぞって……」

くくっと笑ってから、シリルがゆっくりと腰を動かしはじめた。ずるりと屹立が抜けていき、ぐっと押し入ってくる。

「あっ、ん……」

痛みはしだいに遠のき、指で弄られたときに心地よいと感じた場所が、ふたたび淫《みだ》らな感覚を呼び起こしてきた。

肉塊《にくかい》の先端がそこを抉《えぐ》るように突くと、自分の声ではないような、鼻にかかった甘い喘ぎが口から飛び出てしまう。

唇を閉じようとしてもできず、それどころかじっとしていることができず、体が勝手にシリルの動きに合わせて揺らめいた。

「ああ、ああ、シリルさまっ、ああんっ」

「いいか？　レヴィ、気持ちいいのか？」

「いい、いいです、あっ、どう、どうしよう、なにか、また変です、変になって、ああっ」

小水を漏らしそうな感覚に襲われて、レヴィは慌てた。見てみると、自分とシリルの腹に挟《はさ》まれている小ぶりな性器は、いままで見たことがないほど腫《は》れ上《あ》がり、先端の丸い部分は真っ赤に充血している。

すでに先端はびしょびしょに濡れていて、もう半分漏らしているようだった。

シリルの前で小水を漏らすなんて、そんな恥ずかしいことはできない。体を離して岩陰にでも駆けこみたかったが、シリルにのし掛かられ、深いところで繋がっていては起き上がることすら難しかった。

「やだ、やだぁ、シリルさま、シリルさまっ」

なかば恐慌状態になって、レヴィは本気で泣いてしまった。シリルが動きを止めて、「どうした?」と顔を覗きこんでくる。

「苦しいか?　私は乱暴にしてしまったか?」

「ち、違います、けど、出、出ちゃいそうで、ぼく……」

こぼれる涙を手で拭うと、シリルが唇で吸い取ってくれた。

「レヴィ、好きなときにいけばいい。いきたければ、何度でも――」

「……いく、って、どこへですか?」

「は?」

シリルが目を丸くして、レヴィをまじまじと見つめてくる。しばしの沈黙のあと、シリルの手がレヴィのびしょ濡れの性器をきゅっと握った。あんっ、といやらしい声が出てしまう。

「レヴィ、ここから白い体液が出たことは?」

「……白い?　それ、なんですか?」

「……そうか……」

ふっとシリルが微笑み、握りこんだそれを軽く上下に擦った。とたんにまた小水が漏れそうな感覚がよみがえる。

「だめです、それ、やめて、漏れちゃう、漏れそうだからっ」

「大丈夫だ、性交中にここから出るのは、小水ではない」

「えっ……」

びっくりして無防備になった瞬間、一気に体が燃え上がった。

「ああっ」

勢いよくなにかが放出された。シリルの手とレヴィの腹に散ったのは、小水ではなく白い体液だった。

「これは子種だ。女の腹の中に出すと、赤子ができる。いままで出たことがなかったのか」

「……はい……」

ときどき、寝起きに性器が固くなっていることがあり、それを触ると気持ちよく感じることはあったが、それだけだった。

「だれもレヴィに男の体の仕組みを教えなかったのだな。この年まで、本当に無垢《むく》だったのか」

なぜかシリルは嬉しそうな笑顔だ。どうやら知らなかったことは悪いことではなかったようで、レヴィはホッとした。

「レヴィ、私ももうすぐ白い体液が出そうだ。君の中に、出してもいいか?」

とろりと甘い声音で耳に囁かれ、レヴィは無意識のうちにきゅっと体の奥を締めながら頷いた。

シリルが動きを再開し、レヴィはまた心地よさに浸った。一度は治まっていた性器の腫れがぶり返し、それに気付いたシリルに弄られると、繋がった後ろから目が眩《くら》むような快感が生まれるようになった。

「ああ、ああっ、怖、い、怖い、死んじゃう、シリルさま、ああーっ」

喘ぎ声がひっきりなしに出てしまい、羞恥のあまり涙がこぼれる。シリルの舌に涙を舐め取られ、そんなことまで気持ちよくて鳴いた。

「レヴィ、感じるのか、ああ、可愛い、こんなに泣いて、たまらない……」

「ひ、あ……っ、ああっ」

低い呻きをこぼしたシリルが急に動きを止めた。同時に腹の奥でなにかが弾ける。熱い迸《ほとばし》りを受けて、レヴィもまた性器からとろとろと体液をこぼした。

「レヴィ……、愛している……。もう離さない。私のそばにいろ」

シリルの声に肌を震わせつつ、レヴィはよく見えるようになった右目で水色の瞳を捉えた。

「シリルさま……、嬉しい」

微笑みあって、くちづける。何度も、飽きることなく、枯葉を褥《しとね》にして、二人は抱き合っていた。

◇

朝日が谷に差しこんできた。シリルは白みはじめた空を仰《あお》ぎ見《み》る。

「シリルさま」

腕の中でレヴィが身動《みじろ》いだ。

「起きていたのか」

「はい、ちょっと前から」

レヴィが上体を起こしたので、シリルも起き上がった。二人の体から大量の枯葉が落ちていく。シリルはレヴィの髪に絡まった葉を一枚ずつ丁寧に取ってあげた。

「シリルさま、寒くなかったですか？」

「私は大丈夫だ。レヴィこそ、寒くはなかったか」

「ぼくはシリルさまの熱でぽかぽかでした」

「それならよかった」

シリルは服を持参していなかったので全裸のまま夜を明かした。竜体になれば寒さなど感じなくなるのだが、人間の姿ではそうもいかない。しかもレヴィがいっしょだ。

ここで愛情を確認して抱きあったあと、また空を飛んで移動しようとしたが、思ったよりも気温が下がっていたのでやめた。

防寒着がないままレヴィを上空に連れて行けば、たとえ短時間でも命の危険があるかもしれないと思ったのだ。

かといって谷で一夜を明かすには、なにか手段をこうじなければいけない。そこでシリルは自らの意志で発熱することを思いつき、挑戦してみたところできたのだ。レヴィが寒さで凍えるようなことにならなくてよかった。

完全に朝日が昇り、あたりが明るくなってきた。シリルはもともと夜目が利くが、レヴィの顔がよりいっそうよく見えるようになる。

レヴィの右の瞳は、きれいな緑色をしていた。

白い濁《にご》りは消え、澄んだ色が美しい。さらに左の顔面を覆っていた火傷の痕が、すこし範囲を狭くしていた。殴られて腫れていた頰も、元に戻っている。

竜人と血の絆を結んだからだろうか。ケガが治る効果があるとは知らなかった。

「シリルさま」

レヴィが嬉しそうに見つめてくる。

「ぼくの右目、まだ見えています。シリルさまのきれいなお顔が、はっきりと見えています」

緑色の瞳が涙で潤み、可愛らしい声が歓喜に震えた。

「こんな奇跡って、あるんですね。シリルさまが、ぼくに奇跡を起こしてくれたんですか？」

「さあ、どうだろう。君が自分の力で奇跡をたぐり寄せたのかもしれない」

「そんなことないです」

ふふふ、と笑うレヴィが愛しくて、シリルは微笑みながらくちづけた。

「さあ、ここから移動しよう。私の友人が待ってくれているところまで戻り、そこから王都へ向かう。……いいか？」

意図せずして、いいか、の短い言葉に、さまざまな意味をこめてしまっていた。

それをレヴィは、頷くまでの一瞬でくみ取ったらしかった。

「はい。シリルさまに、どこまでもついていきます」

「ありがとう」

もう一度抱きしめて、シリルは竜体に変化した。前足でレヴィを掴む。翼をゆったりとはためかせて、宙に浮かび上がった。

「わあ、きれいな朝日」

空には雲がなく、東の山から昇ってくる朝日の光を遮るものはなにもない。

レヴィのはしゃいだ声を聞きながら、まるで二人のこれからを祝福してくれているようだ、とシリルは思った。

竜たちは愛を育む
ryuu tachi wa ai wo hagukumu

朝日に向かって空を飛ぶ。冷たい風を切るようにして左右の翼を動かし、山を越えた。

前足で摑んだレヴィは薄着だった。さぞかし寒いだろうと心配で、シリルは心の声で尋ねた。

（もうすこしの辛抱《しんぼう》だ。寒いだろうが我慢してくれ）

「大丈夫です」

そう答えたレヴィだが、声がかすかに震えていた。シリルは右の前足の中のレヴィを守りたくて、左の前足で囲うようにしてみた。そのうえで自分の胸に引き寄せるような体勢になる。

（これでどうだ？　マシになったか？）

「はい、ありがとうございます」

とりあえず急ごう、とシリルは軍の野営地を目指す。昨日とおなじ場所で、一個小隊とともにフリップが待っていてくれるはず。街道から外れた山の裾野《すその》に天幕がいくつか密集しているのを見つけ、シリルは下降した。

外で朝食の支度《したく》をしていた炊事係《すいじがかり》がいち早くシリルに気づき、一人が一番おおきな天幕へと走って行く。そこからフリップが飛び出してきた。

「シリル！」

両手を振りまわすフリップの前に、シリルはゆっくりと着地した。前足をそっと地面につけてレヴィを下ろす。ちゃんと地面に立ったのを確認してから、シリルは人間の姿に戻った。フリップがマントを手渡してくれる。

天幕からわらわらと兵士たちが出てきて、遠巻きに三人を囲んだ。

「あれが捜索《そうさく》対象の男？　まだ子供じゃないか」

「あのみすぼらしい格好はなんだ」

「シリル様はいったいどうして――」

そんな不審げな声がぼそぼそと聞こえてくる。シリルは常人よりも聴覚が発達しているせいで、余計なものも耳に入ってきてしまうのだ。レヴィには聞こえていないだろうが耳を塞《ふさ》いでやりたくなる。

「レヴィ、こっちにおいで」

いきなりたくさんの兵士たちに囲まれて注目されてしまい、レヴィはにわかに緊張したようだ。棒立ちになっている。素肌にマントを着こみ、レヴィの肩を抱き寄せた。

「シリル、帰ってこないから心配したぞ」

フリップに顔をしかめられ、素直に謝った。

「すまない。レヴィを見つけたあと、いろいろと考えた結果、動かない方がいいと判断して山の中で夜を明かした」

「この子がレヴィか」

フリップがレヴィに向き直る。

「やあ、レヴィ、はじめまして。俺はシリルの相棒、フリップ・フェラースだ。よろしくな」

「よ、よろしくお願いします」

ぎくしゃくしながらもレヴィはフリップと握手《あくしゅ》する。

「フリップ、報告したいことがある。それと、この子になにか食べさせてやってほしい。昨夜からなにも食べていない」

「それはおまえもだろう。俺も朝メシはまだだ。運ばせるから、先に天幕の中に入っていろ」

シリルはレヴィの肩を抱いたまま天幕へと向かう。フリップが背後で兵士たちに撤収《てっしゅう》の指示を出しているのが聞こえた。

フリップと二人で使っている天幕に入ると、シリルは自分の荷物の中からブランケットを出し、レヴィの背中にかけた。やはり早朝の空の移動は寒かったようで、レヴィの唇が紫色になっている。

「火に当たりなさい」

天幕の中央には火が熾《おこ》されている。折りたたみの椅子を広げてレヴィを座らせた。

「シリルさまの椅子は?」

「自分で出すから大丈夫だ。すこし待っていてくれ。服を着たい」

マントを脱ぎ、下着から身につけていく。着替えを隠すための衝立《ついたて》は隅《すみ》に立てかけてあるが、天幕の中にいるのは自分とレヴィだけだ。すでに身も心も結びついているレヴィの目をいまさら気にするのもおかしな気がして、堂々と裸体を晒《さら》した。

騎士服をきっちりと着ていく。最後に腰に剣を佩《は》いた。振り返ると、ぼうっとした表情でこちらを見ているレヴィと目が合う。

「どうした？」

具合でも悪いのかと顔を覗《のぞ》きこんだ。レヴィがほんのりと頬を赤く染める。

「あの、すみません。つい見惚《みと》れてしまって……。シリルさまがちゃんとした騎士服を着ている姿を見たのははじめてで……。とても、とても素敵です」

「そ、そうか」

面と向かって「とても素敵」だなどと褒《ほ》められ、シリルも照れくさくなってしまう。二人でもじもじしていると、フリップが三人分の食事を乗せたトレイを手にやってきた。

「ほら、メシだ。俺様がわざわざ運んできてやったぞ」

シリルが折り畳《たた》み式のテーブルを広げる。そこにフリップがトレイを下ろした。木製の器には干《ほ》し肉と野菜の煮込み料理。それと塩パン、干した果物《くだもの》。野営中の食事はだいたいがこんなものだ。だがレヴィは目を輝かせた。

「わあ、すごく美味《おい》しそう。食べてもいいんですか？」

「どうぞどうぞ」

フリップに塩パンをひとつ手渡されて、レヴィは小さな口で囓《かじ》った。「美味しいです」とにっこり笑う。可愛《かわい》いな、と目を細めて眺めているシリルの足を、フリップがテーブルの下で蹴《け》ってきた。

「痛いぞ。なにをする」

「鼻の下が伸びすぎ。すこしは人目を気にしろ」

「人目って、おまえのことか？」

「俺以外にだれがいる。あーあ、シリルのこんな色惚《ぼ》けた顔を見る日がくるなんてなぁ」

嘆《なげ》くふりをしてフリップの口元は笑っている。どう反応していいか困惑して食事の手が止まっているレヴィに、「気にしなくていい。こいつはいつもこんな調子だ」と微笑《ほほえ》みかけた。

「フリップ、くだらないことを言っていないでさっさと食べろ」

「はいはい」

とりあえず食事に集中し、その後、昨日の経緯《けいい》を話した。古い山小屋の近くでレヴィを見つけたこと、拉致犯《らちはん》からレヴィを助けて竜体で山を越えたこと、偶然にも血の絆《きずな》を結んでしまったこと――。

「えっ、マジで？」

フリップが唖然《あぜん》とシリルを見る。レヴィはきょとんとしていた。竜人族の「血の絆」を知らないようだ。

「成立しちゃったのか」

「そのようだ」

「どうすんだよ、リンフォード殿下のこと」

「一度結んだ血の絆は解くことができないと聞く。殿下には誠心誠意、謝罪するつもりだ」

もう腹は括《くく》っている。王族との約束を違《たが》えた罪《つみ》が、どのような処罰《しょばつ》となって下されようとも、シリルはレヴィと生きていくと決めたのだ。

「……まあ、レヴィという存在を得てしまった以上、おまえが忠誠心のみで殿下と血の絆が結べるとは思えないから、こうなってよかったのかもしれないな」

フリップはため息をつきながらそう言った。

「拉致犯たちは何人くらいいた？」

「正確な数はわからない。レヴィはわかるか？」

「ぼくの家に来たのは、五、六人だったと思います。山小屋に集まったのは、それより二、三人は多かったかな」

「じゃあ、合計すると十人近くの人数がいたことになるな」

「奴《ヤツ》らの何人かは私が倒したが、残党はまだ山の中に潜《ひそ》んでいるだろう。山狩りをすると同時に、国境を封鎖《ふうさ》して不審者を捕えた方がいい」

「そうだな。すぐに将軍へ伝令を走らせよう」

フリップが紙とペンを出してくる。そこで、「あの、ぼく……」とレヴィが口を開いた。

「囚《とら》われていたとき、男たちの会話にコーツ王国という国名が出てきたのを聞きました」

驚くべき情報に、シリルとフリップは思わず顔を見合わせた。

「コーツ王国？　たしかにコーツ王国と言ったのか？」

「はい、はっきりと聞きました。それに、下っ端の兵士が買収済みだとかなんとか」

レヴィが真剣な顔で教えてくれる。「コーツ王国……買収？　これは大変だ……」と呟いたフリップが、紙にペンを走らせた。

国境を接している隣国、コーツ王国は、アランの伴侶《はんりょ》エリアスの故国だ。エリアスはコーツ王国の王子だった。いまから二十五年ほど前、アランと出会い、紆余曲折《うよきょくせつ》の末に国を捨ててサルゼード王国へやってきたと聞いている。サルゼード王国にはすでにアゼルがいたからだ。アランとエリアスはこの国で保護され、以来ずっと王都マクファーデンで暮らしている。

コーツ王国の当時の国王はすでに亡く、現在はエリアスの兄であるルーファス王が国を治めている。荒れた国政を才覚で立て直した賢王だと評判だ。まさかいまさら竜を手に入れようと画策したとは思えない。

レヴィを拉致した男たちは、いったいだれに命じられて動いたのか。

国の問題に発展しそうなので、今後の対応はランドールに任せるしかない。

伝令係の兵士を呼び、フリップがまとめた報告書を持たせた。一足先に王都のランドールへ届けさせる。別の兵士が、撤収《てっしゅう》作業がほぼ完了したと知らせてきた。外に出ると、シリルたちがいた天幕以外はすべて片付けられ、兵士たちの身支度《みじたく》も整っている。

最後の天幕を片付け、荷馬車に積みこむ。シリルはレヴィに自分のマントを着せた。

「これから王都へ向かう。馬に乗ったことはあるか?」

「ありません」

「では私と相乗りしていこう。大丈夫、私がしっかりと抱いていてやるから落ちることはない」

はい、とレヴィは信頼しきった目で見上げてくる。食事をしたからか、顔色がよくなっていた。緑色の右目は澄んだ輝きを放ち、ほんのり色づいた唇はずっと笑みのかたちだ。可愛い。抱きしめてくちづけたくなったが、なんとか我慢した。いまのシリルは一個小隊を率《ひき》いている騎士だ。王都に戻って私人に戻るまでは、自分を律《りっ》しなくてはならない。

「レヴィ、気を悪くしないでもらいたいんだが」

自分の馬とシリルの馬を引いてきたフリップが、言いにくそうにしながらフードを被《かぶ》ることを提案してきた。

「君の顔の傷跡がどうとか、そういう意味ではないんだ。ほら、シリルは有名人だろう。相乗りしている人物がなにものか、道中で見かけた人たちがものすごく詮索《せんさく》してくると思う。現時点でレヴィが顔を知られるのはよくないんじゃないかな」

フリップがなにを言いたいのか、シリルは理解した。レヴィはまだ一市民だ。シリルとの仲が公然のものとなり、正式に発表されるまでは秘めておいた方がいいということだ。

レヴィが不安そうな表情でシリルを見上げてくる。フードをそっと頭に被せた。

「フリップが危惧《きぐ》するところとはべつに、私は君に顔を隠していてほしいと思う。もうしばらく君の可愛らしさをひとりじめしていたいからだ」

レヴィが照れたように頬を赤くする横で、フリップが半目になっていたが無視した。

シリルの愛馬にレヴィを乗せる。その後ろにシリルも乗った。片腕でしっかりとレヴィの胴体を抱《かか》え、片手で手綱《たづな》を握る。乗馬の経験がないレヴィのためにゆっくりと進むつもりだ。日が暮れるまでには王都に着けるだろう。

「これより王都に帰還《きかん》する」

フリップの号令のあと、隊列は静かに動きはじめた。

◇

目深《まぶか》に被ったフードの下から、レヴィはたびたび周囲の様子を窺《うかが》った。

街道を堂々と進むシリルの隊列は、居合わせた人々から憧憬《しょうけい》のまなざしを注がれている。フリップが言っていたとおり、シリルと相乗りしているレヴィはずいぶんと注目されていた。マントですっぽりと体を隠しているが、足は見えている。みすぼらしい木靴に気付いた人たちは、どう思っただろう。国の宝として人々から敬《うやま》われ慕《した》われているシリルが大切そうに抱きかかえられている人物。それが、こんな痩《や》せた貧相な男だと知られたら、シリルの名声に傷がつかないだろうか。

(血の絆……フリップさまが言っていたけど、それってなんだろう。ぼくとシリルさまがくちづけたとき、数瞬のあいだ白く光が生じたけど、あれのことだろうか。なにか、シリルさまとぼくのあいだに起こったんだ……)

きっとあとで詳《くわ》しい説明をしてもらえるだろうが、第二王子の名前が出てきたことが気になった。なにかとんでもないことになりそうな、いやな予感がする。王都に近づくにつれて沿道の人々が増えてきたことも、レヴィを不安に陥《おとしい》れた。

十年前、両親と祭典の見物に出かけたときも人がたくさん集まっていた。けれどあれはお祭りだったからだ。なにもない日はもっと人が少ないと思っていたのに、王都の周辺には人が多い。そのうえみんながシリルに笑顔で手を振り、少しでも見かけることができた幸運に感謝していた。

(シリルさまとぼく、住む世界がちがいすぎるかもしれない……)

どうしよう、と寒くないのに体が震えてくる。

「レヴィ」

そっと後ろから名前を呼ばれた。そして力強い声で励《はげ》まされる。

「なにも心配することはない。君は私の大切な人だ。堂々としていてくれ」

レヴィはなにも言っていないのに、考えていることがシリルにはわかったようだ。

「でも、ぼく……」

「生まれも育ちもちがうのだから、おたがいに戸惑いがあるのは当然だ。しかも私と君は種族までちがう。これから二人ですこしずつ理解を深めていこう」

「シリルさまは、ぼくでいいんですか」

「君でなければだめだ。私はなにがあっても、君を離すつもりはないよ」

優しい口調ながら、シリルの断固とした決意が感じられる声だった。

「家に着いたら両親に紹介する」

「シリルさまのご両親って、もしかして――」

「ランディとアゼルだ」

思わずレヴィはごくりと生唾《なまつば》を飲んでしまう。

「あの、ぼく、そんなに偉《えら》い人に会ったことがなくて、なにか失礼なことをしたら……」

「そんなことは心配しなくていい。君の生《お》い立《た》ちは話してある。二人とも細かいことはあまり気にしない方だからたぶん大丈夫だ」

気にしないでいられるわけがない。けれどもう後戻りはできないのだ。

王都に入ると隊列の見物人はいっそう多くなり、シリルはときどき手を振り返している。フードの中を下から覗きこもうとする人もいて、レヴィは俯《うつむ》き、馬の鬣《たてがみ》に顔を埋《うず》めるようにして小さくなりそれをやり過ごした。しばらくすると周囲の喧噪《けんそう》が遠のいて静かになった。

「レヴィ、もう顔を上げても大丈夫だ」

シリルの声に、丸めていた背中を伸ばす。高い石塀《いしべい》が両脇に続く広い道を進んでいた。人影がまるでない。あれだけたくさんの人々はどこへ行ったのか。驚いたことに、シリルとフリップを囲むようにしていた兵士たちの姿もない。

「このあたりは貴族の屋敷ばかりだ。出入りの業者以外、一般の人々は入れないようになっている。兵士たちは軍の施設へ先に戻ってもらった。私たちはまずオーウェル家に向かう」

「将軍も屋敷で待っているらしいからな」

いよいよシリルの家族に対面するのだ、とレヴィは緊張した。

「さあ、着いたぞ」

高い石塀が途切れたところに鉄でできた格子状《こうしじょう》の門扉があった。門番の男がシリルを見て、その門を開ける。石畳《いしだたみ》がまっすぐ延びた先には、王城に勝るとも劣《おと》らない大きな屋敷が建っていた。

「すごい……」

もちろんレヴィは王城に近づいたことはない。しかしその威容《いよう》は離れたところからでもじゅうぶんに見ることができたから、将軍の屋敷がこんなに立派なものだと知って驚愕《きょうがく》した。

屋敷の正面玄関にたどり着くまでに、美しく整備された庭園を通り過ぎる。もう晩秋なのに、色とりどりの花が咲いていていてさらに驚いた。

ぽかんと口を開けて馬上から花を眺めていたレヴィだが、玄関に近づくにつれてふたたび緊張を増した。教会以外にこんなに大きな扉を見たことがない、というほどの高さの両開き扉がゆっくりと開く。そこには粗悪な肖像画でしか見たことがない、オーウェル将軍と竜人アゼルが並んで立っていた。

「おかえりなさい、シリル」

アゼルが灰青色の美しい髪をなびかせながら歩み寄ってきた。その美貌《びぼう》にレヴィは言葉を失う。シリルが馬を止めて身軽に下り、アゼルに騎士の礼をとっているあいだも目が釘付《くぎづ》けだ。

「ただいま戻りました」

「その子がレヴィ？」

アゼルがそわそわとしたしぐさでシリルの袖《そで》を引き、レヴィを見上げてくる。慌てて馬から下りようとしたが、いまさらながら高さに怯《ひる》んだ。いままではシリルが背後からがっちり抱きかかえてくれていたから、なんの不安もなかったのだ。

シリルが介助してくれてレヴィは地面に下りることができた。ずっと馬に揺られていたので、二本足で大地に立っているはずなのにふらふらする。シリルに背中を支えられながら、アゼルに「はじめまして」と挨拶《あいさつ》をした。

「はじめまして。レヴィ、会えてとても嬉しいよ」

「あ、あの、ぼくも、お会いできて光栄です。アゼルさま」

「わあ、堅苦しいのはなしにしてほしいな。でもいきなりは無理か……。えーと、もう十七歳だって聞いたけど、本当？　ちょっと痩せているね。これからがんがん食べさせれば大丈夫か。よろしくね」

「私がランドール・オーウェルだ」

ランドールはすらりと背が高いシリルよりも上背《うわぜい》があり、漆黒《しっこく》の騎士服をまとっていても頑健な体躯《たいく》にはみっしりと筋肉がついているのがわかる。レヴィが見上げるほどの偉丈夫《いじょうふ》だ。

「は、はじめまして、レヴィ・フレインと申します……」

あまりの迫力に走って逃げたくなってしまう。ランドールはじっとレヴィを見下ろし、

「ソーウェル村の孤児院で育ったと聞いたが」と重々しく話しかけてきた。

「火事の見舞金が孤児に届いていなかった不祥事《ふしょうじ》については、本当にすまなかった。辛《つら》い目にあわせてしまったな。君がシリルに話してくれたおかげで事態が明るみに出た。感謝している」

「いえ、そんな、ぜんぶシリルさまのおかげです。ぼくはなにもしていませんから」

天下の大将軍に礼を言われ、レヴィは戸惑った。実際、レヴィはなにもしていない。どうしよう、とシリルを見上げれば、すぐに横から助けてくれる。

「まずレヴィを休ませてくれませんか。かなり疲れているはずです。アゼルに任せてもいいですか？」

「わかっているよ。さあ、おいで」

アゼルに促《うなが》されて玄関の中へと連れられていき、レヴィはうろたえながらシリルを振り返った。微笑みながらシリルは手を振っている。

「私はこれからランディと軍の本部に戻って報告があるから、君は休んでいてくれ」

まさかここで別行動になるとは。しかしシリルがこのまま自宅で寛《くつろ》ぐわけにはいかないことくらい、レヴィにもわかる。攫《さら》われたレヴィの捜索に軍隊が動員されたのだ。それを要請《ようせい》したのは、たぶんシリル。許可したのは将軍。事後処理というものがあるのだろう。

ランドールの馬が引かれてきて、シリルとフリップもふたたび馬に乗った。彼らを気にしているレヴィに、アゼルが「面倒くさい報告とかは、あの人たちに任せておけばいいから。気にしなくていいよ」と言う。

「でも……」

「レヴィはまず湯浴みして、一休みしてから着替えよう。なにを着せようかなぁ。うー、すごく楽しみ」

アゼルはニコニコと楽しそうだ。とにかく自分は歓迎されているらしい、とレヴィはひとまず安堵《あんど》した。屋敷の中はなにもかもが美しく整っていて、レヴィにとっては別世界のようだった。

「シリルは王都内に君のための家を探すつもりだったようだけど、状況が落ち着くまでは、この屋敷で暮らしてほしい。ここが今日から君の部屋だよ」

そう案内されたのは、三間続きの広い部屋だった。三階にあり、南に向いている。日当たりがよく、バルコニーから眺める庭園は素晴らしい。一番奥の寝室には簡易的な浴室まであった。

家具はみんな立派なつくりで、天蓋《てんがい》付きの寝台も大きい。レヴィが五人寝ても余裕がありそうだ。いままで住んでいた小屋はもちろん、孤児院で割り当てられていた四人部屋よりもずっとずっと豪華な部屋だった。比べるのもおこがましいほどに。

これが現実だとは思えなくて、レヴィは絶句するしかない。言葉を失っているレヴィの肩に、アゼルがそっと手を置いてきた。

「レヴィ、君のその身なりから、いままでどんな生活をしていたのかだいたいは想像できる。急に環境が変わってびっくりしているかもしれないけれど、シリルは君を生涯の伴侶《はんりょ》にするつもりだ。ここでの生活を受け入れてほしい」

「でも、ぼく……こんなすごいお屋敷で暮らしていけるかどうか、自信がないです」

「私も最初はそうだった。なにも急ぐ必要はないんだ。ゆっくりと焦《あせ》らずに、馴染んでいってほしい」

アゼルは出会ったばかりのレヴィをもう信用しているようだった。それはきっとシリルを信じているからだ。だからシリルが選んだレヴィも信じてくれている。シリルのために、レヴィは頑張って、ここでそつなく暮らしていかなければならない。

「が、頑張ります」

「そんなに肩肘《かたひじ》張らなくてもいいんだけど、まあ、おいおいわかってくれれば」

苦笑いしたアゼルはその後レヴィの部屋付き使用人を紹介してくれ、浴室の使い方を教えてくれた。いつもは川で体を洗っていたと言うと、使用人に湯の温度を低くするようにと指示してくれる。あまり香りの強くない石けん、柔らかな毛のブラシなど、アゼルはレヴィのために細々と気遣《きづか》ってくれて、とてもありがたかった。

アゼルが男性だとわかっているのに亡くなった母親を思い出してしまい、レヴィは浴室で一人になってから少し泣いた。

慣れない浴室でなんとか身綺麗にし、レヴィは用意されていた服を身につけた。とても肌触りがいい生成《きな》りのシャツと紺色のズボン、同色の上着。そしてはじめての革靴。木靴しか履《は》いたことがなかったレヴィは、その履き心地のよさに感嘆した。

「よく似合うよ！」

三間続きの一番手前の部屋で待っていたアゼルは、出てきたレヴィを見て声を上げた。シャツの襟元《えりもと》を整えてくれ、袖の長さやズボンの裾《すそ》まわりをアゼルは真剣な目で点検する。

「シリルからだいたいの体格を聞いて急遽《きゅうきょ》用意した服なんだ。やっぱりぴったりというわけにはいかないね。明日、仕立屋を呼ぶから採寸して急いで作ってもらおう。これから冬に向かうからコートや帽子、手袋とブーツも必要だ。それと、たぶん近いうちに王城に上がるから正装がいるね」

「お、王城？」

「聞いてない？」

「聞いていません。どうしてぼくが？」

「シリルと君は血の絆を結んだんだよね？」

「はい。よくわからないんですけど、シリルがそう言っていました」

「……………まあ、そのあたりのことは、時間ができたらシリルが説明するよ」

アゼルはそう言って微笑んだ。

そうこうしているうちにすっかり日が暮れ、アゼルと二人きりの夕食となった。食事に関する礼儀作法はまだ気にしなくていいと言われ、レヴィは恐縮しながらも美味しい食事を腹いっぱいに食べた。満たされてから、いまだ帰らないシリルが気になった。

「あの、シリルさまの食事は？」

「向こうで食べているだろうから、大丈夫」

軍では警備のための夜勤もあり三交代制らしい。食事は三食、宿舎の食堂で供され、軍部に所属している者ならだれでも食べられるそうだ。それを聞いて安心した。

食後のお茶に誘われて、レヴィはアゼルに聞かれるままぽつぽつといままでの生活について話した。両親が亡くなった大火事については、とても悲しんでくれた。

「その顔の火傷《やけど》、いまでも痛む?」

「昨日まではときどき痛むことがありました。でも不思議なことに、昨日の夜からそれがなくなって。それだけじゃなく、ぼんやりとしかものが見えていなかった右目が、はっきり見えるようになったんです。これって、シリルさまと血の絆を結んだからでしょうか。それで奇跡が起こったとしか思えないんですけど」

レヴィがためらいながらそう話すと、アゼルが「うーん」としばし考えこんだ。

「君とシリルって、もしかして昨日……」

「はい、なんでしょう」

「……いや、いい。シリルが帰ってきたら確認する。今夜はもう寝ようか」

「えっ。でも将軍もシリルさまもまだ帰ってきていません」

「待っていたら夜中になっちゃうよ。君は疲れているだろう。もう休みなさい。シリルは遅くなってもぜったいにここに帰ってくるから、明日の朝には会えるよ」

たしかにレヴィは疲れていた。朝からずっと馬に揺られて王都にやってきて、将軍とアゼルに会い——慣れないこと尽くしだった。頭の中は興奮状態でも、体力の限界が近く、椅子に座っていても腰が定まらなくなってきている。

なんとしてでも帰りを待ちたいと駄々をこねてアゼルを困らせるつもりはないので、素直にレヴィは寝ることにした。アゼルに就寝の挨拶をし、三階へ上がる。

レヴィの部屋はすでに使用人が寝る準備を整えてくれていた。窓にはすべてカーテンが引かれ、天蓋付き寝台の横には小さなランプが灯《とも》されている。薄くて滑《なめ》らかな布で縫《ぬ》われた寝間着も用意されていたので、それに着替えた。すとんとした足首までの長さがある、前開きの意匠だ。ボタンは貝殻《かいがら》でできていた。

「うわぁ、ふかふかだ」

寝台に上がってみて、その感触に驚いた。こんな柔らかな寝台で寝たことなどない。おそるおそる横になり、眠れるかな……と心配したのに、やはり体は疲れていたのか一度横たわったら、もう起き上がりたくなくなっていた。布団の中で四肢《しし》を投げ出し、ぼんやりする。

考えるのはシリルのことだ。会いたい。会って、抱きしめてもらって、大丈夫だよと囁いてもらいたい。少し……いやたくさん、心細かった。

どれくらいの時間がたっただろう。それでもうとうとしはじめていたレヴィは、カチッとドアノブが回った音を聞いたような気がした。そして衣擦《きぬず》れの音。

「レヴィ……もう寝たのか」

囁くような呟きに、レヴィはハッと目を開いた。

「シリルさま?」

「起こしてしまったようだな、すまない」

寝台の横に騎士服姿のままのシリルが立ち、レヴィを覗きこむようにしていた。ランプの灯りに浮かび上がったシリルは、まるで妖精のように幻想的で美しい。これは夢ではなく現実だと確かめたくて思わず両手を伸ばすと、シリルが微笑みを浮かべながら引き寄せられるようにして抱きついてくる。

枯葉を寝床にして体を繋《つな》げたのは昨夜のこと。まだ記憶にあたらしい、がっしりとした重みのあるシリルの体をふたたび受け止めて、レヴィはうっとりした。

「シリルさま、おかえりなさい」

「ただいま。やっと帰ることができた。君と夕食をともにしたいと思っていたが無理だった。あれこれと聞かれて、引きとめられて……。長いこと一人にさせてしまってすまない。はじめての場所で心細かっただろう。大丈夫だったか?」

「はい、大丈夫です。アゼルさまがとても優しくしてくださいました」

本当は心細くてシリルに会いたかったが、安心させたくてささやかな嘘をついた。シリルがフッと笑い、「そうか」と頷く。

「お疲れでしょう。もう休んではどうですか。そうだ、着替えを手伝いましょうか。そういえば、シリルさまのお部屋はどこですか?」

レヴィが体を起こそうとすると、シリルがぐっと体重をかけてきた。ふかふかの寝台に埋まりそうになる。

「私の部屋はとなりだ」

「そうなんですね」

「アゼルが気を利《き》かせてこの客間をレヴィの部屋にしたのだろう。行き来するのに便利だ。そのうち寝室はいっしょにしよう。ランディとアゼルのように」

レヴィの上に覆《おお》い被《かぶ》さったまま、シリルは騎士服の胸のボタンを外しはじめた。

「ここで着替えるんですか？」

問いかけに答えず、シリルは勲章《くんしょう》がついたままの上着を乱暴に寝台の外へと放り投げた。腰の剣はさすがに投げなかったが、ズボンは蹴るようにして脱ぎ、なにもかもを床に落とす。下着姿になったシリルはレヴィの布団の中に入ってきた。

「私もここで寝ていいか」

そう聞きながら、シリルはたぶん断られても自分の部屋に戻る気はない。レヴィももちろん断るつもりはない。むしろ大歓迎だ。

「ふふふ」

ぴったりとくっついて見つめあった。右目はずっと視力を保ち、目にうつるすべてのものを鮮明にとらえている。こんなに薄暗くても、シリルのきれいな顔がはっきり見えていた。嬉しくて、幸せで、レヴィはまばたきする間も惜しいと思ってしまう。

「君に話しておかなければならないことがある」

「はい、なんでしょう」

「私と君は、血の絆で結ばれた。竜人族は生涯ただ一人と血の絆を結ぶことができる。これはどちらかが死なないかぎり解かれることのない、強い結びつきだ」

「そうなんですね」

「血の絆が成立したのは偶然だったが、私は微塵《みじん》も後悔していない」

言い切ったシリルの目を見れば、嘘はないとわかる。

「第二王子のリンフォード殿下を知っているか？」

「お名前だけなら」

「殿下はいま二十歳だ。じつは殿下が二十五歳になったときに、私と血の絆を結ぶ約束をしていた」

「えっ……」

驚いて起き上がったレヴィにあわせてか、シリルも上体を起こす。

「リンフォード殿下と、そんな約束をしていたんですか」

「していた。まさかのちに、おのれの命を賭《か》けてもいいと思えるほどの存在に出会うことになるとは、思ってもいなかったからだ」

「命を賭けても……って、え？　ぼくのこと？」

「君以外にだれがいる」

寝台の上で向き合い、シリルがぎゅっと手を握ってきた。

「君に出会う前の私は、なにも考えていなかった。なかば公人として育てられ、将来の役職まで決められ、自由はほとんどなかった。周囲の思惑《おもわく》に左右される人生だと、諦《あきら》めていたのだ。だから陛下に王子の一人と血の絆を結ぶのはどうかと提案されたとき、断らなかった。アゼルとアランは、よくよく考えろと何度も言ってくれたが、どうでもよかった。どうせ私に自由はないのだと、諦めていた。それに、リンフォード殿下は悪い人ではない」

「どういうお人なのですか？」

「物静かな方だ。剣の腕はそれほどではないが博識で、とても頭がいい。将来は軍師としての役割を求められるだろう。私と年が近いので、王立学院ではともに勉学に励《はげ》んだ仲だ。殿下も私と血の絆を結びたいと思ってくれていると聞いて、決めた」

「殿下を、その……好きだったのですか……？」

レヴィにとっては辛い質問だった。けれど聞いておかなければ気になってなにも手につかなくなってしまいそうだ。

「王家に仕《つか》える臣《しん》として、尊敬できる方だと思っている。好きか嫌いかと聞かれたら、好きと答えるだろう。しかし、レヴィを愛する気持ちとはちがう種類のものだ」

「本当に？」

「本当だ。殿下と血の絆を結ぶとしても、それは主従の契《ちぎ》りであり、恋愛の意味ではなかった。私が愛しているのはレヴィだけだ」

「シリルさま」

胸がいっぱいになってシリルに抱きついた。よしよし、と優しく背中を撫《な》でてくれる。

「それで、殿下との約束を果たせなくなってしまったことを謝罪するため、近いうちに王城に上がらなければならないのだ。できればレヴィもいっしょに」

「ぼくも？」

アゼルが「王城に上がるから正装がいる」と言っていたのは、こういう事情があったからか。

「ぼくのような平民が、王城に上がってもいいのでしょうか。それに、謝罪ということは、殿下にお会いするということ……？」

あまりにも恐れ多いことだ。正気を保っていられるだろうか。

「君は私が選んだ唯一無二の人だ。だれにも文句は言わせない」

「シリルさま……」

「私がそばにいる。なにがあっても君を守るから」

シリルに抱きしめられて、レヴィもしがみつくように抱き返した。王城へ行き、第二王子に謝罪するなんて恐ろしすぎる。けれどこれもシリルといっしょにいるための試練のひとつだ。越えなければならない壁なのだろう。

「レヴィ、私のレヴィ」

シリルの唇が近づいてきたので、レヴィは目を閉じた。優しくついばむようにくちづけられ、ほう…と甘い息をつく。もっとしてほしくて上目遣《うわめづか》いでねだった。重なってきた唇にレヴィはみずから吸いつき、舌を求める。歓喜したようにシリルの舌が反応して、濃厚なくちづけとなった。

もつれあうようにして寝台に倒れこむ。寝間着のボタンがつぎつぎと外されて、肌を露《あら》わにされた。服に隠れて日が当たらない肌は白い。そこにシリルが昨夜吸ったあとが点々と赤く残っていた。さらにあとが増やされて、レヴィは愛される心地よさに悶《もだ》えた。

「あ、ああっ、シリルさま」

勃《た》ちあがった性器を握りこまれてのけ反る。そこを愛撫《あいぶ》されながら乳首《ちくび》を吸われると、どうしても後ろの窄《すぼ》まりが疼《うず》いた。弄《いじ》ってほしいと思う。けれどシリルは後ろに手を伸ばそうとはしない。

「シリルさま、あの、ぼく、ぼく……」

「どうした？　もういきそうか？　いくらでもいくといい。我慢する必要はないぞ」

「ちがうんです。あの、う、後ろも、触ってほしくて……」

「レヴィ」

「いやならいいんです。シリルさまがいやなら、ぼくは、その」

慌てて付け加えたところ、語尾に被せるように「触ってもいいのか？」とシリルが顔を覗きこんできた。

「昨日の今日だから痛みがあるかと遠慮《えんりょ》していたのだが、触ってもよかったのか?」

「い、いいです。むしろ、その、切なくて、うずうずして」

たしかに昨夜ははじめての行為に体が悲鳴を上げそうになった。けれど辛さ以上に快楽があって、さらに、好きな人と体を繋げる充足感はなにものにも代えがたいほどだった。

「切ないのか、ここが」

シリルの指が尻の谷間を探ってくる。昨日散らされたばかりの蕾《つぼみ》は、シリルに撫でられて震えた。たった一度の性交で、レヴィのそこは変わってしまったらしい。固くて熱いもので塞《ふさ》がれたくてたまらなくなっている。

「シリルさま、おねがい、ぼくの中に、きてください」

「そんなふうに請《こ》われたら、断れるはずもない」

苦笑したシリルがいったんレヴィから離れた。寝台横の、ランプが置かれているチェストの引き出しを開ける。「さすがアゼルだ」となにやら呟き、てのひらほどの大きさの白い陶器の瓶《びん》を持ってレヴィのところへ戻ってきた。コルクの栓《せん》を抜き、シリルはとろりとした液体をてのひらに受けた。濃厚な花の香りがする。

「香油ですか」

「そうだ」

手のあかぎれに塗《ぬ》るようにと贈られた香油とは、香りととろみがちがうようだ。

「これを使った方が、体を繋げるときの苦痛が減る。昨日は準備がなくてすまなかった」

「あっ」

香油で濡れたシリルの手が、レヴィの尻の谷間に滑《すべ》りこむ。性交専用の香油があると知ると同時に、そのぬめりが官能に直結することを実感した。昨日とはぜんぜんちがう。最初から気持ちよくて、レヴィはあっというまに体を熱くした。

「レヴィ、感じるのか？ ここが、そんなにいいか？」

「いい、いいです、シリルさま、あ、ああっ、もう、きて、ぼくの中に、奥に、きて……！」

シリルの剛直に貫《つらぬ》かれ、レヴィは泣いて喜んだ。求めていたものが与えられたのだ。もっと奥へと粘膜が蠕動《ぜんどう》する。

「レヴィ、っく、んっ」

「シリルさま、ああ、ああっ」

「だめだ、レヴィ、そんなふうにしたら、もたない」

「出して、出してください、ぼくにください」

シリルが放つ体液がほしかった。体の奥にたくさん注いでほしいと、レヴィは無意識のうちに腰を捩《よじ》る。低く呻《うめ》いて、シリルが弾《はじ》けた。熱いしぶきを奥に感じる。腹があたたかくなったような気がして、レヴィは臍《へそ》の下あたりを触った。

「嬉しい。ありがとうございます」

「どうしてここで礼を言うんだ。まったく、君は――」

「あんっ」

突き刺さったままのシリルの屹立《きつりつ》は萎《な》えていない。逞《たくま》しい腕で腰を抱えられ、レヴィはあらためて揺さぶられはじめた。注がれた体液が泡立つほどにかき混ぜられ、レヴィは強い快感に翻弄《ほんろう》される。何度も何度も高みに連れて行かれて、そのたびに、シリルに愛の告白をした。

「すき、シリルさま、すき」

「私もだ」

気が済むまで抱き合い、明け方近く、疲れ果てた二人はほぼ同時に眠りについた。裸のまま、手を繋いで。

◇

決められた任務の時間が終了すると、以前にも増して、速攻でシリルは帰るようになった。騎士の宿舎にまだ部屋はあるが、きっちり五日前から荷物置き場になっていた。これからもたぶんそうだろう。オーウェル邸で、自分の帰りを愛《いと》しい存在が待っているからだ。

馬を走らせて門から入ると、庭園のどこからかレヴィの歌声が聞こえてきた。森の中の墓地でよく聴いた賛美歌だ。けれど神を讃《たた》える声ではない。小鳥の囀《さえず》りのような明るい響きで、楽しそうだった。

玄関脇に控《ひか》えていた馬番に手綱を渡し、迎えに出てきた執事に鞭《むち》を預ける。

「レヴィはいま庭にいるのか」

「この季節に咲く小輪のバラをたいそう気に入られたようで、庭師に切ってもらっています。シリルさまのお部屋に飾りたいようです」

「そうか」

あいかわらずレヴィは、なにをするにもまずシリルを一番に考えてくれているようだ。

「よくああして歌をうたっているのか？」

「そうですね。庭を散歩するときとかに、よく」

しばし歌声に耳を傾ける。今日のレヴィはとても機嫌がいいようだ。なにかいいことがあったのかもしれない。気付くと、執事も動きをとめて聞き入っていた。

レヴィは現在、「シリルの大切な客人」としてこの屋敷に滞在している。シリルと親密な関係にあることは、執事だけはアゼルから聞いているはずだ。レヴィとの関係について、この男がどう思っているか聞いたことはなかった。

「シリルさま」

「なんだ」

「レヴィ殿の歌声はなかなかのものですね」

なにを言われるのかと身構えていただけに、シリルは執事をまじまじと見た。執事の澄ました顔から、心の中を覗きこむのは難しい。しかし悪い感じではなかった。

「あっ、シリルさま、おかえりなさい！」

庭木の向こうからレヴィが出てきた。両腕に黄色いバラを抱《かか》えている。

アゼルが選んだ貴族の子弟が着る服を身にまとったレヴィは、まるで人形のように可愛い。滋養のある食事を与えられ、温かな寝具に包まれてたっぷり睡眠《すいみん》を取るようになったレヴィは、本来の美しさと健康を取り戻しているところだ。フワフワの蜂蜜《はちみつ》色の髪はしっとりと輝き、手足のあかぎれは治りつつある。肌には張りがあり、なによりも左顔面の火傷の痕《あと》が日に日に面積を狭《せば》めていた。

「ただいま、レヴィ」

「お仕事おつかれさまです」

バラを潰《つぶ》さないようにレヴィを抱きしめる。両方の頬と唇にくちづけをした。

「バラの棘《とげ》は取ってもらったか？」

「はい、大丈夫です」

レヴィの腰を抱いたまま屋敷の中に入る。三階にある自室に行った。

テーブルにバラを置くと、レヴィが部屋着に替えるのを手伝ってくれる。嬉しそうにちょこまか動いているさまが可愛いので、シリルはなにも言わないで好きなようにさせた。

「今日はアゼルさまに大聖堂へ連れて行ってもらいました。ステンドグラスが素晴らしくて、感動しました」

「そうか、それはよかった」

自分の留守中は基本的にアゼルにレヴィを任せている。アゼルはまずレヴィに王都での生活に慣れてもらおうと、いろいろなところへ連れて行ってくれているようだ。

「大司教さまが、アゼルさまのためにオルガン奏者を呼んで、演奏させたんです。あんなにも大きな音になるのですね。響き渡る音に圧倒されて、体中が音楽でいっぱいになって、ぼく、つい歌ってしまったんです」

「つい歌った？　オルガンにあわせて大聖堂で？　なんてことだ、私も聞きたかった」

本気で羨《うらや》ましくなって不機嫌な顔をしたら、レヴィがくすくすと笑う。あまりにも可愛らしい笑い方に胸を射抜かれ、衝動的に抱きしめてしまった。シャツのボタンをとめかけていたところだったので、シリルの胸は素肌が剝《む》き出《だ》しになっている。そこにレヴィの吐息《といき》がかかり、シリルは一瞬でその気になった。

「あ、シリルさまったら……」

ズボンの中で固くなったものに気づき、レヴィが頬を赤く染める。そこを小さな手で撫でられると、もっと大きくなってしまう。

「昨夜もしたばかりですよ」

「君が可愛らしく笑うからだ」

「ぼくのせいですか？」

「君のせいだ」

レヴィは何度か瞬《まばた》きをして逡巡《しゅんじゅん》した様子をした見せたあとに「じゃあ、ぼくが責任をとります」と潔く宣言した。その場に膝をつき、シリルのズボンの前を開く。飛び出してきた屹立に、おずおずと口を寄せた。

「レヴィ、無理をしなくていいんだぞ」

「いいえ、します。させてください」

レヴィは真っ赤になりながら、口腔《こうこう》での奉仕をはじめた。あたたかな粘膜に包まれて、シリルは甘い息を吐く。

レヴィに技巧《ぎこう》らしい技巧などない。まだこの行為は教えたばかりだし、レヴィの口はシリルの性器を難なく含めるほど大きくないのだ。けれど熱心に舌を這《は》わせる様子がいじらしくて、それだけで達してしまいそうなほど高ぶった。

ほどなくしてシリルはレヴィの口腔に体液を迸《ほとばし》らせた。毎晩何度もレヴィの中に出しているのに、減るどころか増えているような気がするほどの量だ。飲みきれず、噎《む》せたレヴィの口から性器が外れた。

「あっ」

左顔面に白濁《はくだく》が飛び散った。火傷痕にたっぷりとしたたる体液に、レヴィが唖然とする。

「すまない」

慌ててシリルが手巾《しゅきん》で顔を拭《ふ》いてやった。我に返ったレヴィはまたくすくすと笑い出す。顔面にかけられたのに、怒るどころか楽しそうに笑っているのだ。そしてぎゅっと小さな拳《こぶし》を握り、「つぎはこぼさずに飲めるように頑張ります」と健気《けなげ》なことを言う。

「レヴィ、君は……」

この幸福感を言葉にするには語彙《ごい》が足りない。シリルは黙ってレヴィを抱きしめ、心をこめてくちづけた。

その日、ランドールの帰りが遅かった。夕食には間に合わず、アゼルとシリル、レヴィの三人で、食後に談話室で寛《くつろ》いでいるときに帰宅したようだ。執事がそう知らせに来た。

「旦那様はお客様をお連れです。お話があるそうで、応接室でお待ちです」

「わかった。すぐに行こう」

アゼルはソファから立ち上がると、「シリルとレヴィもおいで」と手招きする。

「私とレヴィが同席してもいいのですか」

「客はアランとエリアスだ。今夜、報告に来ると聞いていた。おまえたちも事件の調査報告を聞きたいだろう?」

レヴィを連れ去った男たちは国境で発見されて捕まっている。彼らの雇い主はコーツ王国の者だとほぼ確定しているが、その後は国家間の問題になるのでシリルは詳細《しょうさい》なやり取りを知らされていなかった。

「わかりました。レヴィ、行こう」

シリルは不安そうな表情を見せるレヴィの手を握り、「大丈夫だから」と微笑みかけて談話室を出た。

一階の応接室へ行くと、騎士服姿のままのランドールとアラン、そして王立楽団の白い制服を着たエリアスがいた。エリアスに会うのはひさしぶりだ。顔色が悪いように見えるのは、夜だからだろうか。それとも――。

(事件の詳細がわかってきて、心労を抱えているのかもしれない。エリアスはコーツ王国の元王子だ……)

シリルはエリアスの体調が気になったが、そんなことは伴侶のアランがとうに対応しているにちがいない。アランは大柄《おおがら》で厳《いか》つい顔をしているうえに動作が荒っぽいが、エリアスに関しては過保護なくらいに優しいのだ。深窓の姫君に対するような態度を、シリルは子供のころから見せつけられている。アランがエリアスを溺愛《できあい》しているのはたしかだ。

まずアランとエリアスを、レヴィに紹介した。

「はじめまして、レヴィ」

エリアスがレヴィに柔和《にゅうわ》な笑顔を向ける。

「は、はい。はじめまして」

「私はエリアス。王立楽団で笛を吹いています。ときどき音楽学院でも教えています。君は歌が得意らしいね。こんど聞かせてほしいな」

「そんな、ぼくの歌なんか、人に聞いてもらうほどのものではありません」

恐縮して腰が引けているレヴィに、アゼルが「そんなことないよ。とても上手《じょうず》だった」と大聖堂でオルガンにあわせて歌ったことをみんなに話してしまう。即座に反応したのはランドールだ。レヴィを気に入っているランドールは、アゼルが羨ましくてならないらしい。

「私も聞きたかった」

アゼルだけレヴィと出かけていてズルいと、真剣な様子で抗議している。アゼルが呆《あき》れた顔で「はいはい、すみませんね」と聞き流している光景を、レヴィがおろおろしながら、アランがニヤニヤと笑いながら眺めていた。カオスだ。

そこへ使用人がお茶と酒を運んできた。ランドールとアランとシリルは酒、アゼルとエリアス、レヴィはお茶を選んだ。一人掛けの椅子にランドールとアゼルがそれぞれ座り、アランとエリアスは並んで長椅子に、シリルとレヴィもくっついて長椅子に座った。

「おまえ、宿舎の部屋はどうするんだ」

アランが上司らしい口調でシリルに聞いてきた。

「物置き部屋にしておくだけなら、もう退舎届を出せ。入舎したい若手が待っているんだから」

「わかりました。明日にでも届けを出します」

「そうしてくれ。その子がここにいるかぎり、おまえの帰る場所はここ以外にないんだろ」

アランが強い酒を一口飲み、レヴィをちらりと見る。初対面のアランに、レヴィがすこし怯《おび》えたように震えた。無理もない。体格だけならランドールよりも大きいのだ。しかし、女性と子供には優しい男だ。成人しているとはいえまだ少年にしか見えないレヴィに、意味もなく敵意は向けてこないと思うので、安心させようと手を握った。

シリルの気持ちを察してか、レヴィがホッとしたように緊張を解《と》いた。

「なんか甘ったるい空気が漂《ただよ》っているなぁ」

しかめっ面《つら》でアランがシリルの目を見ながら言ってくる。

「気のせいじゃないですか」

しれっと言い返しておいた。

「しかし、変われば変わるものだ。まさかシリルが、一日の勤務報告書をたった三行の箇条書きで済ます日が来るとは。そんなにも早く帰りたいって、あからさますぎて怖いわ。これが愛の力ってもんか」

「アラン、若者をからかうものじゃありません」

エリアスがアランの太腿《ふともも》をペシリと叩いた。「痛いな」とアランが大袈裟《おおげさ》に痛がる。

「おまえは以前の仕事中のシリルを知らないから。真面目《まじめ》なのはいいがホントに融通《ゆうずう》が利かな

くて、自分に厳《きび》しいだけならいいが、それを他人にも求めるから反感を買うことも多かったんだ。たとえば勤務中、休憩《きゅうけい》時間だろうと無駄口をたたくのは控《ひか》えて座ることすらしなかった。シリルがそんなだと、下位の兵士も座れなくなる。ところがいまはフリップが促せば座るし、ほかの騎士たちの雑談に耳を傾けることもする。びっくりだ」

シリルは我ながら変わったものだと自覚しているので、アランにそう指摘されてもとくに動揺はない。フリップには歓迎されているので、悪い変化ではないと思っている。

「じゃあ、そろそろ本題に入ろうか」

ランドールが穏やかな口調で場の空気を変えた。

「今朝《けさ》、コーツ王国のルーファス王から軍本部に調査報告書が届いた。その内容はすでに私から陛下にお伝えしてある。今後のコーツ王国との外交に関しては、議会で話し合うことになるだろう。アラン、詳細を」

ランドールに話を振られて、アランが口を開いた。

「シリルを使役《しえき》するためにレヴィを誘拐《ゆうかい》したのは、予想通り、コーツ王国の人間に金で雇われた集団だった。その集団の本拠地《ほんきょち》はコーツ王国内の地方都市だとわかり、拠点を調べ上げて残党はほぼ捕縛《ほばく》したそうだ。頭領と呼ばれている男の身柄も拘束《こうそく》することに成功し、尋問《じんもん》の結果、雇い主の名前を吐いた」

「雇い主……それはだれだったんですか」

シリルにちらりと視線をよこしたアランは、隣に座るエリアスを見た。エリアスもアランを見て、目と目で会話するような時間が流れる。

「雇い主、つまり事件の主犯は、ルーファス王の甥《おい》、ナイジェルだ」

「ナイジェル……」

聞いたことがない名前だ。コーツ王国の王族に、そんな人物がいただろうか。

「ナイジェルは長兄の息子です」

エリアスが沈痛《ちんつう》な面持《おもも》ちで家系を説明しはじめる。

現在、国を治めているルーファスは、竜狂いの前王グラディスの四番目の王子だ。エリアスは九番目の王子。次期国王として一番目の王子サミュエルが王太子になっていた。しかしいまから二十五年前、グラディスが気力体力の減退を理由に退位したとき、王位を継いだのはルーファスだった。幼児期に大病を患《わずら》い足が悪かったルーファスだが、勉学に優《すぐ》れ、博識で、当時すでに宰相《さいしょう》の相談役として国政に深く関わっていたからだ。

サミュエルは国王の資質に欠けると議会に拒《こば》まれ、五十代にして隠居生活を余儀なくされた。息子ナイジェルは地方都市の官僚という役職を与えられた。その後、どうしているかは知らなかった――と、エリアスが語る。

「まさかナイジェルが祖父とおなじように竜に憧憬を抱《いだ》き、我がものにしようと画策するとは思ってもいませんでした。彼はすでに捕縛され、王都に輸送されたそうです。証拠が集まりしだい裁判にかけられるでしょう。コーツ王国はルーファス王の名で、正式にサルゼード王国に謝罪すると思います」

エリアスが重いため息をつき、シリルとレヴィを見た。そして深々と頭を下げてくる。

「私の甥がとんでもないことをしてしまいました。申し訳ありませんでした」

「そんな、どうしてエリアスが謝るのですか。悪いのはナイジェルであって、あなたではありません」

「でも、ナイジェルは私の甥です」

「甥といっても二十五年も会っていなかったのでしょう。あなたはずっとこの国にいました。甥の動向などわかるはずもない。どうか気に病まないでください」

シリルがそう言ってもエリアスはなかなか顔を上げてくれない。どうにかしてくれ、とアランに目で助けを求めた。アランは苦笑いしながら、「甥といっても、おまえより年上だろ」とエリアスの肩を摑んで姿勢を正させる。

「いい年の男が妄想《もうそう》を膨《ふく》らませて愚《おろ》かな罪を犯した。それだけだ。エリアスにはまったく関係のない話だろ。シリルが言うとおり、おまえが謝ることはない」

とても優しい声音でエリアスに囁く。萎《しお》れた花のようなエリアスを抱きしめ、アランは根気強く宥《なだ》めた。アランの言葉にエリアスが頷き、目尻に涙を溜めながら見つめる。二人の強い絆を感じた。

◇

レヴィの部屋には、きれいにうつる鏡がある。いつもピカピカに磨《みが》かれているので、覗きこむと自分の顔がよく見えた。

オーウェル邸に来てから十日がたつ。一日三食おいしいものをきっちり食べているせいか、顔色がいい。髪も艶々《つやつや》でふわふわだ。髪専用の石けんがあることを、レヴィはこの屋敷で知った。そしてなによりも――。

「……やっぱり、火傷痕が小さくなっているような気がする……」

十年前の大火事で負った、左顔面の火傷痕。醜《みにく》く爛《ただ》れたまま固まって、左目の位置すらわからなくなっていた。ときおり痛みがあり、治まるまでじっと我慢するのが当然だと思ってきた。それが日に日によくなっているのだ。最初は気のせいかと思った。右目の視力が戻り、きれいにうつる鏡で十年ぶりに自分の顔をはっきり見たから、記憶していた火傷痕とちがっているように感じるだけだと。

「でもぜったいに、これ、治ってきている……」

うっすらと左目の位置がわかるくらいになっているのだ。まじまじと自分の顔を眺めていたら、「どうした?」と背後から声をかけられた。シリルがレヴィの後ろから鏡を覗きこんでくる。シリルはゆったりとした部屋着姿で、機嫌がよさそうに微笑んでいる。今日は仕事が休みなのだ。シリルはレヴィとゆっくり過ごすと昨夜のうちに宣言してくれていて、このあと庭園を散歩し、東屋《あずまや》でお茶を楽しもうと決めていた。

「シリルさま、ぼくの火傷痕、少しずつですけどよくなっていると思いませんか」

「思っている。こっちを向いて」

シリルを振り返ると、じっと左顔面を観察された。その様子から、シリルも理由に心当たりがなく不思議に思っていたのだとわかる。

「もしかして、ぼくに内緒で食事に特別な薬が混ぜられていたとか？」

「アゼルが勝手に薬を？　そんな話は聞いていない。そもそも、投薬を内緒にしなければならない理由はあるか？」

「じゃあ、血の絆のせいでしょうか」

「……どうだろう……」

わからない、とシリルは首を横に振る。

「私も気になっていたのだ。今日は時間があるから、アゼルに聞いてみようか。もしかしてなにか知っているかもしれない」

レヴィはシリルに手を引かれ、屋敷の中を移動した。ランドールとアゼルの部屋は二階にある。アゼル専用の書斎もあった。たぶんそこにいるだろう、と訪ねていく。予想通り、アゼルは書斎にいた。

「アゼル、すこし時間をもらいたいのですが、いま忙しいですか」

シリルの問いかけに、アゼルは手を止めて席を立った。屋敷に毎日大量に届く手紙を執事と手分けして開封し、重要なものとそうでないものを仕分けていたようだ。大国の有名人であるランドールのもとには、国内外から陳情書《ちんじょうしょ》や夜会の招待状などが届く。通常それを管理するのは女主人《ホステス》の役目で、この屋敷では五十年前からアゼルが請け負っていた。

「一息入れようと考えていたところだったから、いいよ。三人分のお茶をお願い」

執事にそう頼むと、アゼルはデスク前のソファに座った。レヴィとシリルも向かい側のソファに腰を下ろす。

「じつはアゼルに聞きたいことがあります」

「私に答えられることなら」

「レヴィの顔の傷が王都に来てからよくなってきているのですが、どうしてなのかわかりますか？」

アゼルはレヴィの顔をじっと見て、しばし黙った。なにも知らない、といった感じではない。やはりなにか理由があって、レヴィの火傷痕が治ってきているのだ。

「アゼル、私は竜人族ですが、二歳のときからずっとこの屋敷で暮らしてきたため、自分の種族のことをよく知りません。けれど知らないことで不便だったことも困ったこともなかったので、なんとなくこの年まで来てしまいました。血の絆についても詳しいことは知りませんでした。リンフォード殿下が二十五歳になるまでに、アゼルかアランに話を聞けばいい、くらいに考えていましたから」

でも、とシリルがレヴィの顔に視線を向けてきた。そっと左顔面に触れてくる。痛みがあったころはこんなふうに触られることに抵抗があった。ちょっとした刺激がきっかけになって、しばらくズキズキと痛むことがあったのだ。けれどいまはもうそんなことはない。

「私もレヴィも、この火傷痕がよくなるのは歓迎です。できれば左目も見えるようになってほしい。なにか理由があって治癒《ちゆ》に向かっているなら、どこまでよくなるのか知りたいのです」

シリルの言葉に、アゼルが「うーん……」と腕を組んで考えこむ。そんなに言いにくいことなのだろうか。

そこに執事がワゴンでお茶を運んできた。テーブルに茶器が並べられているあいだも、アゼルの逡巡は続いているようだった。執事が静かに書斎を出て行く。

熱いお茶を一口飲み、アゼルがやっと語り出した。

「二人とも、いまから私が話す内容は、一切他言無用だ。人に知られると面倒なことになる。シリル、フリップにも秘密だ。彼を信用していないわけではないが、ポロリとどこかで口を滑らせてしまい話が広まると、私とシリルの命に関わる大事件に発展する可能性がある」

「そんなに重大なことなのですか……？」

「重大だ。これを知っているのは、私以外にはランディとアラン、エリアスだけだ。ああ、あと一人、前王ディンス様もご存じだ。けれど現在のアンセルム王はご存じないと思う」

現国王も知らない竜人族の秘密――。レヴィはそんな極秘事項の当事者になってしまったらしい。不安になってシリルに体を寄せた。気付いたシリルが肩に腕を回してくれる。

「シリル、君が子供のころ、鱗《うろこ》が白っぽい竜人は珍しいという話をしたのを、覚えている?」

「覚えています。私の本当の両親がなぜ育児を放棄《ほうき》してアゼルに預けたのか聞いたときに、白い体で生まれた竜人は珍しくて少ないという話をしてくれました」

「そう、珍しくて少ない。というか、私は自分とシリル以外を知らない。アランも知らないと言っている。ほとんど生まれないみたいだ。なにせ白いと自然界では目立ちすぎて危険だからね。ほとんどの竜人は、黒っぽいか茶色っぽいか、緑っぽいか。その方が自然に溶けこめて狩りが容易だし、人間にも見つかりにくい」

そんな話、レヴィは知らなかった。現在、竜人族の村があるという秘境から出て人間とともに暮らしているのは、サルゼード王国にいるアゼルとアラン、シリルの三人だけだ。アゼルは灰青色でシリルは白銀、そしてアランは漆黒。竜人族の竜体時の色は、白黒とりまぜて多彩なのだと思っていた。

「本当はもっと高い確率で生まれているのかもしれないけれど、体が弱くて成長が遅く、育てにくいという特徴《とくちょう》があるらしい。かく言う私も二十歳になるまで成体になれず、少年体型のままだった。だから肉親に疎《うと》まれて村から追い出されたんだ。ランディに出会わなければ、ひとりで生き抜くことができずに野垂《のた》れ死んでいただろうね」

アゼルは自嘲《じちょう》気味に笑って肩を竦《すく》める。由緒《ゆいしょ》正しい大貴族のオーウェル家を五十年にわたってしっかり守り、将軍の伴侶として堂々と式典にも参列しているアゼルが、そんな厳しい子供時代を過ごしていたなんて知らなかった。

「ここまでが前置き。それで、レヴィの傷のことだけど」

シリルとレヴィは、お茶を飲むことも忘れて身を乗り出した。

「おそらく、シリルの体液のせいだ」

「体液？」

最初、アゼルがなにを言っているのか、レヴィは意味がわからなかった。

「白い竜の体液には不思議な力があるらしい。私も知らなかった。村には私以外に白い竜がいなかったのだから当然だ。二十歳のとき、私はランディと出会い、おたがいに一目で気に入って、恋人になった。血の絆も結び、私はこの屋敷で暮らしはじめた。しばらくたって、ランディがすこし若返ったように肌の色艶がよくなっていることに気付いた。ランディは当時、三十五歳。ランディの副官——フリップの祖父のルースだけど、彼に仕事中の話を聞くと、二十代かと疑うほどの体力で若い騎士に剣の稽古《けいこ》をつけるようになったらしい。そのときの宰相がエイムズという男でランディの友人だった。彼もランディの変化を不思議に思い、国内外から竜に関する情報を集めた。そして発見した。数百年前にも白い竜体の竜人族がいて、人間の男と血の絆を結んでいたという記録があった。彼らは男同士だったが、夫婦同然の暮らしをしていたそうだ」

つまり、ランドールとアゼルのように。

「本来なら、竜人族と人間は寿命がちがう。人間の平均寿命は七十歳くらいだけど、竜人族は二百歳くらいまで生きる」

「えっ、そうだったんですか?」

驚いて腰を浮かせたレヴィの横で、シリルも「そこまで差があるとは……」と絶句している。

「シリルも知らなかったの?」

「はっきりとは……。アゼルとアランの姿が何年たっても変わらないなとは思っていたが、寿命が二百歳?」

「公表していないからね」

アゼルが自分でお茶のお替わりをカップに注いだ。その優美な動作と指の美しさに、こんな場面なのについ見惚れてしまう。

「でも……竜人族が長生きなのは、べつにおかしいとは思いません。だって、ぼくたち人間とはちがうもの。神に近い存在でしょう?」

レヴィは本気で言ったのに、アゼルが笑った。

「いやいや、神に近くはないよ。むしろ獣《けもの》に近いんだから」

「獣だなんて、そんなことはありません。アゼルさまもシリルさまも、輝くように美しいじゃないですか。優しくて慈愛に満ちていて、人格も素晴らしいです。アランさまだって、あの小山のような大きさは、恐れ多くて自然とひれ伏したくなるような姿です」

「たしかにアランの竜体は大きいな。真っ黒だし」

シリルまで笑っている。笑う要素なんてひとつもなかったのに、もしかして冗談だと受け止められた？　シリルもアゼルも自分の姿を見慣れすぎていて、神々《こうごう》しいまでに美しいという自覚がないのだろうか。

さらに反論しようとしたが、アゼルが「話を戻そう」と逸《そ》れた話題の修正をはかったので口を閉じた。まずはアゼルの話を聞かなければ。

「数百年前にいた白い竜人と男の生涯は、神職の者によって記録されていた。騎士は人間にもかかわらず、白い竜とおなじくらい長命だったらしい。ふたりはほぼ同時期に老衰《ろうすい》で亡くなったと記されていた。竜人と血の絆を結んだ人間たちは、ほかにたくさんいたはずだが、それほど長生きした人間はこの男以外にいない。なにがちがったのか。血の絆の効果はみな等しくおなじだ。竜人の色しか思い当たるちがいがない。それと、夫婦同然に暮らしていたこと。エイムズは、その記録とランディが若返ったように元気になった事実から、『稀《まれ》にしか生まれない白い竜人には、愛する相手の老化を鈍化《どんか》させる力があるのではないか』と考えた。そのときは私もランディも半信半疑だったが、実際に年月がたってみるとエイムズの説が正解なのではないかと思わざるを得なくなった。ランディはもう九十歳になるが、出会った当時のままの姿で元気に将軍職を務めている。そしてアランの相手のエリアスは、自然に年齢を重ねてきた。彼は今年で四十三歳になった。アランの竜体は黒い。あれほどの漆黒も珍しいが、黒っぽい竜は竜人族ではありふれている。アランには、愛する人の老化を鈍《にぶ》らせる力は備わっていなかったんだ」

衝撃的な話だった。アゼルとシリルのような白い竜人に備わっている、不思議な力――。にわかには信じられないほどの現実離れした内容に、レヴィは言葉もなく呆然《ぼうぜん》としてしまう。

たしかに、これは他言無用の極秘事項だ。もしひろく知られたら、アゼルとシリルは不老不死を願う者たちに狙《ねら》われてしまう。最悪、二人を独占していると思われて、この国に戦争をしかけてくる国があるかもしれない。

「記録に残っていた白い竜と男のように、たぶん私とランディは長く添《そ》い遂《と》げられるだろう。シリルとレヴィもそうだ。レヴィの傷跡がよくなってきたのも、きっとシリルの体液の力が作用しているのだと思う」

さらっとアゼルが言った「体液」という言葉に、レヴィは首を傾《かし》げる。体液とは、つまり？

問うようにシリルを見遣《みや》れば、眉間《みけん》に皺《しわ》を寄せて言いにくそうに確認の質問をした。

「アゼルの言う体液とは、具体的になんですか」

「シリルが頭に思い浮かべたとおりのものだよ。精液だ。命の源《みなもと》だからだろうね。血液ではほとんど効果がないのはわかっている。唾液《だえき》もね」

微笑んだアゼルの口から、とんでもない単語が飛び出す。

「性交すればするほど、おそらくレヴィの傷跡はよくなっていくし、老化も遅くなるだろうね。愛する人の傷を治して、長生きしてほしければ、せっせと励《はげ》むことだ。まあ、私が口出しをしなくとも、君たちはとても仲睦《なかむつ》まじくしているようだけれどね」

ふふふ、とちょっと下世話な笑みになって、アゼルがそんなことを言う。シリルとの触れ合いは二人の内緒事のはずなのに、アゼルには知られていたようだ。レヴィは羞恥《しゅうち》のあまりドッと汗をかき、いますぐこの場から逃げ出したいくらいに居たたまれない。

「こんな大切なこと、どうしていままで話してくれなかったのですか」

シリルは冷静だった。レヴィが激しく動揺している横で、しっかりアゼルと目を合わせている。その頼もしさに、レヴィはいまさらながら胸がときめいた。

「それはね、血の絆を結ぶだけでは相手の寿命に変化はないからだよ。シリルに心から愛する人ができないかぎり、言う必要はないと思っていた。おまえも年頃だから、花街でそうした欲を発散することもあるだろうが、一度や二度の性交では、効果は一時的になるはず。継続的な関係がなければ、性交相手の寿命を延ばすことはできないと思う。五年後、リンフォード殿下と血の絆を結ぶ約束をしていたけれど、恋人になるつもりだった？　求められたら閨《ねや》の相手をするつもりだった？　そんなつもりはなかっただろう？　だから言わなかった」

シリルはちいさく頷いて、納得したような表情になった。しばらく三人とも無言でお茶を飲み、「そろそろ休憩《きゅうけい》は終わりにしようかな」とアゼルが腰を上げたところで、シリルとレヴィは退室することにした。

書斎を出る間際に、シリルがアゼルを振り返る。

「アゼル、ひとつ聞いてもいいですか」

「なに？」

「アランは何歳です？　エリアスがどれほど健康に気をつけて長生きしたとしても、あと三十年ほどしか二人はいっしょにいられない。さきほど、血液と唾液ではほとんど効果がないと言いましたね。試してみたということですか。アランはそれをどう考えているのでしょう」

「彼は覚悟をしているよ」

アゼルは窓の外に視線を移し、どこか遠くを眺めた。

「アランはいま百二十五歳くらいだ。出会ったときから、アランはエリアスが先に死ぬことはわかっていた。そのときがきたら気が狂うほどの絶望と悲しみに襲われるだろうね。血の絆の相手であり、命をかけて愛したひとだ……。けれど数十年後の死別の嘆《なげ》きを恐れて、いま愛さないという選択はできなかった。エリアスが天に召されるそのときまで、アランは彼のそばを離れないと思うよ」

あの優雅さとはほど遠い、無骨な騎士のアランの誠実な愛を教えられて、レヴィは胸が震えた。泣きそうになってしまう。

「シリル、子供のときにアランがしきりに『もっと大きくなれ。俺より大きな竜になれ』って言っていたこと、覚えていない？」

「なんとなく覚えています。でもあれは、たんに親戚《しんせき》の子供への挨拶のようなものだと受け止めていました。なにか意味があったんですか」

「あれはアランの願いだ。自分よりもシリルに大きく強くなってもらって、エリアスの死後、その悲しみに耐えきれずに狂ったとき、シリルに自分を殺してほしいと思ったんだよ」

シリルが息を飲む。噛みしめられた唇が色を失っていた。

そんな残酷《ざんこく》なことを同族の子供に願うなんて——と、レヴィも立ち尽くす。

「昔はよくあることだったんだ。竜人と人間は寿命がちがう。信頼して家族同様に愛情を向けた人間に先立たれた竜人は、絶望のあまり気が狂って暴れまわり、人間の暮らしを脅《おびや》かした。狂った竜人を殺して楽にさせるのは、おなじ竜人の役目だった。人間では敵《かな》わないからね」

「そんな……私がアランを？」

「アランはシリルが成長するにつれて、そういうことを言わなくなった。考え直すようになったんだ。きっとシリルが可愛いんだよ。辛い役目を押しつけたくないと、エリアスが死んだら狂う前に秘境へ帰るつもりのようだ」

そんな悲壮な覚悟を、いまからしなければならないなんて。アランとエリアスが寄り添っていたときの光景を思い出すと、我慢できなくて涙が滲《にじ》んだ。

「寿命の差はどうしようもない。それが辛くて、竜人族は人間から離れ、秘境に隠れ住むようになったと、私は竜人族の長老から聞いた」

扉の前から動けなくなったレヴィとシリルに、「さあ、もう話は終わりだ」とアゼルは部屋に戻るように促してくる。

「いま聞いた話は、それぞれ心に留《とど》めて、時間をかけてもいいから消化しなさい。そして思うところを話し合いなさい」

背中を押されて書斎を出た。無言のシリルに手を引かれて三階へ上がる。

まさかこんな重い話になるなんて——。顔の火傷痕がよくなっているように見えたから、軽い気持ちでアゼルに聞きに行っただけなのに。レヴィはなにも知らなかった。竜人族にこれほどの事情があったとは。知らずに、ただ憧《あこが》れていた。

(ぼくはつまり、長生きするということ……?)

ランドールのように年を取らずに、二百歳まで生きるということか。

(シリルに抱かれているから……体液を体の中に取りこんでいるから……年を取らない?)

体を繋《つな》ぐ行為にはもう慣れてきた。はじめてのときから苦しみの中に快感があり、回数を重ねるごとにどんどん気持ちよくなってきた。すべてをさらけ出して交わると身も心もひとつになれるような気がして、レヴィはシリルとの性交が好きだ。

（ちょっと待って）

レヴィは重要なことに気付いた。

（ぼくの傷跡が治って、年を取らずに長生きするってことは、シリルさまとしょっちゅう性交していうるっていう証拠になるんじゃないの？　白い竜の秘密を知っているのは、アゼルさまとランドールさまとアランさま、それにエリアスさまくらいだとしても、みんな、ぼくとシリルさまがあんなことやこんなことをしているって、想像してる――？）

変な汗がどっと背中に噴きだした。もちろんシリルとそういう関係になって後悔しているわけではない。近しい人たちがレヴィとシリルが恋人になったことを問題視していないことも知っている。みんな、あたたかく見守ってくれているのだ。

（でも、ふたりだけの秘め事だと思っていたのに、知られて……）

だらだらと汗をかき、レヴィは羞恥のあまり泣きたくなってきた。

シリルのことは大好きだ。愛しているのだと思う。このひとのためならなんだってできるし、してあげたい。けれど、それとこれとは――。

「レヴィ、私の部屋ですこし話し合わないか？」

シリルが扉のまえで立ち止まり、レヴィを振り返った。その表情は真剣で、いま聞いた話について意見を言い合いたいのだなとわかる。しかしレヴィは一歩、身を引いた。

「あの、あのシリルさま、ぼくはしばらくひとりで考えたいです」

動揺のあまり、いまはまともに話し合えそうにない。気持ちの整理をしたい。

「そうか、そうだな。わかった。お茶の時間は付き合ってくれるか？」

「はい、それは」

あとで会うことを約束して、二人はそれぞれの自室に引き上げた。

◇

王城へ出向き、国王アンセルムと第二王子リンフォードに会う日が来た。

シリルは使用人に手伝ってもらい、騎士の正装をした。腰に剣を佩き、姿見に全身をうつしてみる。

「とても素晴らしいですわ、シリルさま」

子供のころからシリルに仕えてくれている年配の女性使用人が、頷きながら微笑んでくれる。

「そうか」

ため息がこぼれそうになるのを飲みこむ。シリルは自分の正装が好きではない。派手過ぎると思っているからだ。

騎士服には基本の型があり、騎士の称号を受けると多少の個性を入れた意匠《いしょう》を考え、仕立屋に依頼する。シリルの正装にはアゼルの意見がかなり盛り込まれていた。これを誂《あつら》えたとき、シリルは正装の意匠に興味がなかったので、すべてアゼルに任せたのだ。そうしたら、これができあがってきた。派手で驚いた。けれど満足げなアゼルの手前、不平不満を口にするわけにはいかず、ありがたく受け取った。

白地の詰襟《つめえり》に、金色の飾り紐《ひも》。襟と袖口には金糸できらびやかな刺繍《ししゅう》も施《ほどこ》されている。腰のベルトにもおなじような刺繍があり、鞘《さや》に宝石が埋めこまれた剣を腰に下げれば派手きわまりない。

シリルはランドールの黒い騎士服に憧れがある。刺繍は銀糸で、落ち着いた中にも威厳《いげん》を感じるし、なにより強そうだ。アランは濃い緑色に生成り色の刺繍が施され、浅黒い肌によく似合っている。意匠を考えたのは、おそらくエリアスだろう。アランにそんなセンスはないはず。

(アランとエリアス……)

ふいに思い出してしまい、シリルは鏡の中の自分をあらためて見た。白銀の髪に水色の瞳。外で日常的に鍛練《たんれん》を積んでいるのに肌はそれほど日焼けしておらず、軍人の中では白い方だ。

白い竜人の秘密を知ってから、シリルはたびたび考える。自分がそうした力を持って生まれた意味を。アゼルの気持ちと、アランの気持ちを。

(アゼルとエリアスが性交渉を持てば、おそらくエリアスは長生きできる。アランと添《そ》い遂《と》げることができるだろう。けれど、だれもそれを望まなかったということか……)

シリルがもしアランの立場だったら、自分はこんな選択ができるだろうか。

もしレヴィが命にかかわる病に倒れたら、なんとしてでも助けたいと願い、どんな手段も取るかもしれない。たとえそれが、自分以外の男にレヴィを抱いてもらうという治療であったとしても。

可愛いレヴィ、愛《いと》しいレヴィ、一途に見つめてくれるレヴィ。たとえ一時でもほかの男に任せなければならなくなったら、シリルは血を吐くほどの苦しみと恨《うら》みを感じてしまうだろう。それでもレヴィの命が助かるならと——いや、レヴィの意志は無視できない。もしレヴィが治療よりも死を選ぶなら、シリルは無理強《じ》いできないにちがいない。

エリアスはアラン以外に抱かれることを望まず、そしてアランはそれを受け入れた。アゼルはそんな彼らを黙って見守ることにしたのかもしれない。いやでももしかし——。

(いまさら私が考えても仕方がないことだな)

ひとつ息をつき、鏡から視線を逸らす。これくらいのこと、彼らはとうに考え、悩みつくして、いまの心境に落ち着いたのだろう。アランとエリアスは出会ってからもう三十五年だという。シリルには想像できない葛藤《かっとう》があったにちがいないのだ。

「レヴィの準備はもうできたかな」

自室を出て、隣のレヴィの部屋へ行く。アゼルがいつもの仕立屋に依頼して誂えさせたレヴィの正装を、シリルはまだ一度も見ていない。一般的な貴族の子弟が着るような意匠にしたらしいが、いったいどんな服だろうか。楽しみだ。

今日の最重要案件が終わったら、レヴィもきっと落ち着いてくれるだろう、とシリルは考えている。ここのところ、レヴィの様子がおかしいからだ。

アゼルから白い竜の秘密を聞いてから話しかけても上《うわ》の空であることが多いし、恋人らしい触れ合いを避けている。シリルでさえ衝撃を受けた内容だったので、きっとレヴィはまだ消化しきれていないのだろう、とそっとしておいている。

それに加えて、今日の一大事だ。地方の村で細々と暮らしてきたレヴィにとって、国王と王子のまえに出ることは、天地がひっくり返るほどとんでもないことなのだろう。ここ数日はレヴィの食欲が減退しているという報告も受けていたから、食事が喉を通らないほどの緊張に見舞われているようだ。

たしかに、王族との約束を反故《ほご》にしてしまったわけだから、どんな厳罰が下されるかわからない。シリルは覚悟を決めている。たとえ騎士の称号を剝奪《はくだつ》され、一兵士として地方の砦《とりで》に飛ばされたとしても、レヴィを手放すつもりはなかった。どこへでも連れて行く。レヴィはシリルのものだ。シリルもレヴィのものなのだ。

投獄《とうごく》されることになったら、レヴィを連れて逃げる覚悟もしている。その場合、ランドールとアゼルに多大な迷惑をかけてしまうことになるだろう。それでも、シリルはレヴィと離れたくなかった。

レヴィはちょうど用意ができたところだった。えんじ色の上着とズボン、中に着たブラウスは白でフリルがふんだんに使われており、真紅の細いリボンが首元で結ばれていた。レヴィの全身を細かく採寸して誂えたせいか、細身のしなやかな体の線を見事に拾っている。そのうえで華奢《きゃしゃ》な印象を与えすぎないように、肩幅や胸の厚みがしっかりして見えるのだから、仕立屋の腕はそうとうすごいのだろう。

子供っぽさはなりをひそめ、青年らしい美しさに輝いていた。

「とても似合っている。素晴らしい貴公子ぶりだ」

「本当に？」

「本当だ」

ホッとしたように笑顔を見せたレヴィは、シリルの全身に視線をめぐらせてから、「シリルさまも素敵です」と目を輝かせながら褒めてくれた。

ふふふ、とふたりで微笑みあい、「さあ、行こうか」と手を繋ぐ。

「王城にはランディが先に行って私たちを待ってくれている。君はなにも心配することはない。大丈夫だ」

「はい、シリルさま」

ふたりはオーウェル家の紋章が入った馬車に乗り込み、王城へと向かった。

はじめて王城に足を踏み入れたレヴィは、その大きさと荘厳《そうごん》な雰囲気に圧倒されたようだ。言葉もなく呆然としているレヴィの手を引いて、シリルは歩かせる。控えの間でランドールと落ち合った。黒い騎士服を着た凛々《りり》しい大将軍は、レヴィを見るなり相好《そうごう》を崩した。

「レヴィ、すごく似合っている」

両手を広げて抱きつこうとしたランドールから、素早くレヴィを遠ざける。いくら尊敬する養父でも、気軽に触れてほしくない。アゼルはいいが、ランドールはだめだ。

ランドールは小さい生き物が好きで、犬や猫を頻繁《ひんぱん》に拾ってくる。子供時代のシリルを溺愛していたことも記憶にあった。たぶん死ぬまで治らない性癖《せいへき》だと、アゼルは諦めている。レヴィは成人している年齢ではあるが小柄なため、そうしたランドールの庇護欲《ひごよく》をいたく刺激しているようだった。

「ランディ、ふざけていい場所ではありません」

あえて厳しめの声で咎《とが》めると、ランドールは不満そうに「ふざけているわけではない」と言いながら手を引っこめた。

「ランディ、陛下と殿下にはすでにあなたの口から事情は説明してあるのですよね。感触はどうですか。私はどんな罰でも受ける覚悟です。悪いのは私だけ。レヴィに罪はないと、あなたからも擁護《ようご》してくださいね」

「シリル、戦《いくさ》に挑むような顔をする必要はない。なんらかの罰は下されるだろうが、それほどお怒りではないと思う。もっと力を抜け。いまのおまえはケンカ腰に見える」

肩を叩かれて、シリルは余計な力が入っていたことに気付く。謝罪しに来たのに、これではいけない。真剣を使っての鍛練前のように、精神統一をはかった。余計な力を抜いて立ち、深呼吸してみる。いくらか体の強《こわ》ばりが解けた。

「よし、行こう」

ランドールを先頭に、シリルとレヴィは控えの間を出た。王の間の玉座には、すでにアンセルムが座っている。茶褐色《ちゃかっしょく》の髪と顎鬚《あごひげ》の柔和《にゅうわ》な顔立ちをしているアンセルムは現在四十歳で、玉座についてからまだ二年。そのかたわらには、濃紺の騎士服を身にまとった金髪の青年が背筋を伸ばして立っている。第二王子リンフォードだ。

シリルたち三人は、玉座の前に膝をつき、頭《こうべ》を垂《た》れて礼をする。ランドールがまず挨拶を述べ、義理とはいえ息子が王族との約束を違《たが》えてしまったことを詫《わ》びた。つづいてシリルも国王に謝罪する。そして視線をリンフォードに移し、心から詫びた。

「偶然とはいえ殿下以外の者と血の絆を結んでしまったのは、私の落ち度です。申し訳ありませんでした」

深々と頭を下げると、視界の隅でレヴィもおなじように頭を下げているのが見える。

「ことの経緯《けいい》は聞いている。コーツ王国の国王の甥が、シリルを狙って事件を起こしたそうだな。なんの罪もない青年を誘拐して、シリルを我がものにしようとしたとか。愚《おろ》かなことを考えたものだ」

アンセルムが呆《あき》れた口調でコーツ王国を詰《なじ》る。

「コーツ王国からは正式な謝罪が届いた。実行犯の引き渡しはどうなったのだったか」

「なにごともなく終了しております」

尋ねられたランドールが答えた。うむ、とアンセルムが頷いた。

「シリル……そこの青年が、おまえと血の絆を結んだ者か？」

リンフォードの細い声が聞こえて顔を上げた。こうして直接言葉を交すのはひさしぶりだが、もっと凜《りん》と張った声を出す王子だったはず。視線をあわせてみて、リンフォードがいくぶん痩《や》せて、元気をなくしているのが見て取れた。まさかシリルが約束を違えたからか。どっと冷や汗をかきながら、「はい」と肯定《こうてい》した。

「レヴィ、名乗りなさい」

ランドールが促すと、レヴィが緊張のあまり声を上擦《うわず》らせながら、名前を口にした。

「レ、レヴィ・フレインと申します。ソーウェル村出身です。国王陛下に、お、お目にかかれて、光栄です」

つっかえながらもなんとか言い終えて、レヴィがほっと脱力している。

「将軍からソーウェル村出身なのは聞いていたが、その顔の火傷痕は、十年前の大火事のときに負ったものなのか？」

アンセルムにそう問われて、レヴィはまたピキッと体を強張らせ、「はい、そうです」と頷く。

「そうか。ずいぶんと大変な目にあったのだな」

優しい言葉をかけてもらえて、レヴィは顔を真っ赤にしている。きっとレヴィはもういっぱいいっぱいだろう。これ以上の会話は無理そうだと判断し、シリルがあとを引き継いだ。

「レヴィは大火事で両親を亡くしました。その後は教会の孤児院に入り、辛い子供時代を過ごしています。顔に大火傷を負い、片目を失い、絶望して世をはかなんでもおかしくない境遇《きょうぐう》に落とされても、レヴィは希望を失わず、健気に生きてきました。私はそんなレヴィに心惹《ひ》かれ、残りの人生をともに歩んでいきたいと願ったのです」

アンセルムは何度も頷き、「そうか」と微笑んでくれた。そして、かたわらに立つ息子を見《み》遣《や》る。

「リンフォード、そういうことだ。シリルが約束を違えたのは事実だが、人の心は契約で縛《しば》りつけることはできない。シリルは大切な存在を見つけた。これはもう仕方がないことだ」

「……わかっています。けれど……私は五年後を楽しみにしていました。シリルと血の絆を結んだら、いったいどんな新しい世界が開けるのかと、とても期待していました」

リンフォードが声を震わせて父王に訴《うった》えている。シリルは胸が痛んだ。罰が下されることは予想していても、リンフォードがこれほど悲しんでいるとは思っていなかったのだ。

「シリル、大人になったら血の絆を結ぼう——そう約束したのは、十年近くも前のことになるな。私たちはまだ子供だった。ともに騎士を目指して剣技を磨《みが》き、王族と臣下《しんか》というよりも仲間意識の方が強かった……」

そうだ。二歳年下のリンフォードは第二王子ということもあり比較的自由に育てられていて、シリルとおなじ師に剣技を習う同門の徒だった。王子に気に入られたうえに血の絆を求められて、晴れがましい気持ちになったのはたしかだ。将来がすでに決められている息苦しさの中で、一時の優越感に浸《ひた》った。

その後、王家とオーウェル家のあいだで正式に話し合われ、儀式はリンフォードが二十五歳になったらと決められた。いま思えば、大人たちは事の重大さをじゅうぶんに理解していたのだろう。性急にことを運ばず、二人の気が変わったら止められるように、儀式は十数年も先にすることと設定した。

シリルは血の絆を結ぶことによって、主従の結びつきが堅固《けんご》になるとしか考えていなかった。まさか、レヴィに出会うとは思ってもいなかったのだ。王家よりも、国よりも大切な存在が自分にできるなんて、露《つゆ》ほども想像していなかった。

シリルは謝罪することしかできない。

「殿下、申し訳ありません」

「シリル、謝らなくていい。月日とともに私たちは成長し、大人になった。大切な者ができるのは、しかたがないことだ。シリルが生涯をともにしたいと思えるほどの存在に巡《めぐ》りあえたことを、私は祝福しなければならない。しかし、私はまだ、笑って祝えそうにないのだ。私の方こそ、すまない」

リンフォードは一瞬、泣きそうな顔になった。だがぐっと堪《こら》えるように唇を噛み、アンセルムに頭を下げた。

「父上、勝手をして申し訳ありません。先に下がらせていただきます」

もうシリルを見ることもなく、リンフォードはサッと背中を向けて早足で去って行ってしまった。だれかに制止する隙を与えることのない素早さだった。

アンセルムはひとつ息をつき、「すまないな」とシリルたちに息子の非礼を詫びた。

「陛下、いま一度、私が殿下にお詫びを――」

シリルの申し出を、アンセルムは片手で制した。

「いまはそっとしておいてやってくれ。リンフォードは本当に五年後を楽しみにしていたようなのだ。そのうち落ち着くだろう。そうすれば、きっとシリルに祝いの言葉を贈ることができると思う」

思い遣りに満ちたアンセルムに、シリルはあらためて深々と頭を下げた。

シリルに下された罰は、半年間の減俸《げんぽう》のみだった。あまりにも軽すぎる。抗議したシリルに、アンセルムは苦笑した。

「罰を下された方が不満を訴えるとは、おかしなことだ」

「しかし、陛下――」

「私としては罰などなくてもいいのだ。ただそれではおまえたちの気が済まないだろうと思って、減俸にする。シリル、私はおまえたち竜人族の忠誠がほしい。この国に留まってほしいのだ。感情にまかせて厳罰を下せば、きっとおまえはその青年を連れてどこかへ飛んでいってしまうだろう？」

そんなことはしない、と言えないシリルだ。実際、罰しだいでその選択肢《し》はあった。黙りこんだシリルの様子からいろいろと察したのか、アンセルムは苦笑いを深める。

「これからも、騎士としてこの国を支えてくれ。忠誠を誓《ちか》ってくれるならば、私たちはできるかぎり他国の干渉《かんしょう》からおまえたちを守ると約束する」

「陛下、ありがたいお言葉、たいへん嬉しく思います」

シリルは腰に佩いた剣を鞘ごと抜き、アンセルムに捧げた。

「私はサルゼード王家とサルゼード王国への生涯の忠誠を、あらためて今日この場で誓います」

横でレヴィが静かに平伏《へいふく》する。ランドールも剣を国王に捧げた。アンセルムはしばし無言で目の前の三人を見つめていた。

「ありがとう」

やがて、大国の王らしからぬ温かな声音で、ひとことだけそう言った。

◇

日々は穏やかに過ぎていく。

レヴィがオーウェル家に来てから一ヵ月がたつころ、王都に小雪が舞った。暖かい部屋の窓から外を眺め、レヴィは昨年の冬を思い出す。

あのちいさな納屋《なや》。板壁は隙間だらけで、凍《こご》えるように冷たい風がひっきりなしに吹きこみ、寒くて眠れない夜が多かった。凍える手に息を吐き、すこしでも温かくならないかと、ずっと擦《こす》っていた。痛かったあかぎれ。重い荷物を持つと、指先から出血した。

レヴィは手にしていた本を机に置き、自分の手を見下ろす。あかぎれはすっかり治り、保湿用の香油を日常的に塗っているおかげで、肌には艶が出ていた。

もう水仕事も、力仕事もしなくていいと言われている。最初は戸惑い、一日をどう過ごせばいいかわからなかった。

いまレヴィに課せられているのは、「勉強」だ。王城に上がってシリルとともに国王に謝罪したあと、アゼルから今後の方針を説明された。

「レヴィには、私の役目を継いでもらうからね。そのために、いろいろと勉強してもらわないといけない」

アゼルの役目。それはオーウェル家の女主人《ホステス》の役目だった。由緒正しい大貴族であるオーウェル家を守るために、財産の管理から使用人の監督、社交界の付き合い、王家との付き合い、その他数え切れないほどの雑事を、アゼルはずっとこなしてきたそうだ。アゼルはランドールの母親に教えを受けたという。

「ランディと私が死んだあと、オーウェル家を背負っていくのはシリルとレヴィだ。その次の世代については、私たちが死ぬ前にきっちり話し合って段取りをつけよう。君たちだけに責任を押しつけることはしないからね」

いきなりアゼルとランドールの死後に言及《げんきゅう》されて、レヴィは胸が潰《つぶ》れそうなほど悲しくなった。「死なないでください」と半泣きになったレヴィを、アゼルは慌てて宥《なだ》めてくれた。

「まだとうぶんは死ぬつもりはないから大丈夫だよ。ごめん、突然すぎたかな」

アゼルはいま七十五歳。竜人族の寿命が平均二百歳ならば、あと百年以上は生きる。

「レヴィは百年かけて、ゆっくりと学んでいってくれればいいから」

「百年……」

百年後なんて遠すぎて想像できない。けれどゆっくりと覚悟を決めていけばいいのなら、自分にもできるかもしれないと思った。

レヴィは孤児院で文字と簡単な計算は習っていたが、それだけだ。なのでシリルが仕事に行っているあいだ、アゼルから手紙の書き方やお金の計算の仕方などをすこしずつ教わり、空《あ》いた時間は読書をして過ごしている。「まず常識的な知識を身につけてもらおう」と、アゼルは屋敷の書庫から何冊か本を選び出し、レヴィに読むようにと渡してきた。歴史の本だった。最初は難しそうな本に尻込みしていたレヴィだが、読みはじめてみたらそれほど難解ではなく、楽しく文字を追うことができた。サルゼード王国の成り立ちと、周辺国の勃興《ぼっこう》、戦が上手かった国王の話や、たったひとりの美女に翻弄《ほんろう》されて滅《ほろ》んだ国があることも知り、とても面白《おもしろ》かった。

娯楽《ごらく》小説も読んでみた。読書の喜びを知り、レヴィは自分で書庫の本を選ぶようになった。今日は植物図鑑を見つけたので、興味深く眺めている。色鮮やかな植物の絵がどれもきれいで、見ていて飽《あ》きない。南方の雪が降らない地域では、一年中、果実が実ると知って驚いた。明日は魚類と鳥類の図鑑を見てみようと思う。知識が増えていくのは楽しい。

暖炉《だんろ》で薪《まき》が爆《は》ぜ、火の粉がふわりと舞った。窓の外はどんよりとした空が広がり、ひらひらと雪片が舞い落ちている。とても寒そうだ。

(シリルさまは寒くないかな)

いまシリルはなにをしているのだろうか。外で鍛練中だったら寒いだろう。帰ってきたら、暖炉の前で温めてあげたいと思う。

(シリルさま……)

恋人のことを考えると、すこし憂《ゆう》うつになる。アゼルから白い竜の秘密を聞いてから、もうずっと肌に触れていないのだ。はっきりと言葉で拒《こば》んではいない。ただ、そういう雰囲気になりそうになると、レヴィはシリルから離れて自分の部屋にこもる。

あれほど毎日、情熱的に触れ合っていたのに、いきなり拒みはじめたレヴィのことを、シリルはどう思っているだろうか。文句を言われたことはない。シリルはただ黙って、なにか言いたげに見つめてくるだけだ。

(ぼくのこと嫌わないで、シリルさま)

ただ恥ずかしいだけだと説明できたらいい。けれど愛し合う行為のどこが恥ずかしいのかと怒られそうで、なにも言えないでいる。

このままではいけない、とレヴィは元に戻るきっかけを探っていた。けれど二人きりになるとうまくしゃべれなくて、萎縮《いしゅく》してしまう。こんなときに相談できる相手が、レヴィにはいなかった。

ふと、キャシーのことを思い出した。亡き母の友人だったキャシーには、ずいぶんと世話になった。あれから一度も会っていない。別れの挨拶もしていなかった。

キャシーはレヴィが攫われたとき、いち早く気付いて役場に届けてくれた。その礼が、シリルの名で届けられたはずだ。金一封と麦十袋が贈られたと聞いている。

(キャシーおばさん、どうしているのかな……)

きっとこの雪はソーウェル村にも降っていることだろう。冬のあいだ、畑仕事は中断される。本格的な雪の季節が来るまえに、村人たちは保存食を作り、羊毛を紡《つむ》いで家族の防寒着を編む。冬支度に忙しくしているにちがいない。

ぼんやりと村のことを思っていたら、いつしか日が暮れてシリルが帰ってきた。騎士服のシリルが部屋に入ってきて、レヴィは慌てて「おかえりなさい」と立ち上がった。

「ああ、いいよ。読書をしていたのだろう。そのまま続けていい。なにを読んでいたんだ？植物図鑑？　なんにでも興味を持つのはいいことだ。君は勉強熱心だな」

頭を撫でられて、レヴィは微笑んだ。壊れ物をあつかうような優しい手つきに、レヴィは申し訳なく思う。優しくされればされるほど罪悪感が募《つの》った。そんなに気を遣ってくれなくともいいのだ。レヴィの悩みはとても自己中心的なものだから。

「レヴィ、こんどの休みに出かけようと考えているんだが、どこか行きたいところはあるか？」

「外出するんですか？　空を飛ぶには寒いですよ。それに雪が……」

レヴィが暗くなってきた窓の外を見ると、粉のような雪が絶え間なく降っている。シリルは軽く笑った。

「まさか君をつれてこんな季節に空を飛ぶわけがないだろう。空の散歩は春までおあずけだ。冬のあいだは行儀よく馬車で移動しよう。このくらいの降り方ならまだ雪は積もらない、いまのうちに出かけよう」

「どこか……。急に言われても」

「アゼルに連れられてあちこち行っただろう。もう一度行ってみたいところとか、ないのか？」

シリルがレヴィを気分転換に誘っていることは伝わってくる。無碍《むげ》に断ることはできない。

レヴィもシリルと出かけられる機会があるなら逃《のが》したくなかった。

しかし、いきなり行きたいところと聞かれても、すぐには思い浮かばなかった。

「えーと、えーと……」

記憶の中からいろいろと探っていたら、ついさっき思い出していた生まれ育った村の風景が浮かんできた。たぶんその瞬間、レヴィの表情が変わったのだろう、シリルが「どこか思いついたな？」と聞いてきた。

「え……でも……」

「思いついたなら、教えてくれ」

「でも、遠い……かもしれなくて……」

ソーウェル村が王都からどれほどの距離に位置しているのか、レヴィは正確なことを知らない。一ヵ月前、シリルとともにはじめて王都に来たときは村から直接移動したのではなかったし、十年前に式典見学のため家族で王都まで来たときは、途中で観光しながらの道程だった。

「遠ければ、どこかで泊まる旅程を組めばいい。私は何日か続けて休みを取る」

「そんなことできるんですか？」

「できるさ。ほら、言ってごらん」

シリルに促されて、レヴィはおずおずと口を開いた。

「ソーウェル村に行きたい、です」

意表をつかれたような顔になったシリルだが、すぐに「そうか」と神妙に頷いた。

「レヴィがここに来てから、もう一ヵ月になるな。それなのに一度も帰っていない。気がつかなくてすまなかった。村に住んでいたときは毎日のように墓参していたのにできなくなってしまったわけだから、ずいぶんと寂しく感じていただろう。君の両親はあの村に眠っているのだから。悪かった」

頭を下げられて慌てた。

「シリルさま、やめてください。ぼく、それほど寂しくはありませんでした。アゼルさまとランドールさま、そしてなによりもシリルさまがよくしてくれたから、じつはほとんど思い出していなかったくらいです。さっき雪が降り出したのを見て、村のみんなはどうしているのかな……と、ちょうど考えていたところだったんです」

正直にそう伝えて、シリルが謝る必要はないとくりかえし訴えた。シリルは苦笑しながら顔を上げて、「よし、次の休みにはソーウェル村へ行こう」と決めた。

「天気さえよければ日帰りで行けるが、出発が早朝で帰宅は夜遅くなる。ついでだからどこかに泊まってのんびりしてくるか?」

「あの、そう提案してもらえるのは嬉しいですけど、シリルさまの大切なお仕事を、ぼくのせいで休ませてしまうのは……」

「レヴィ、私の仕事の都合をそこまで考えなくていい。休めない時期ならば、私は休むとは言わないから」

初冬のころは、比較的暇《ひま》な時期らしい。年末が迫ってくると、新年の行事のために軍内で警備体制についての会議があったり装備品の点検があったりして、忙しくなるとシリルが教えてくれた。

「よく考えたら、私とレヴィのはじめての旅行になるな。旅程の段取りは私に任せてくれるか。行きはまっすぐにソーウェル村へ向かい、墓参をする。その後、日があるうちにエルソン村へ行こう」

「エルソン村？」

「知らないか？　ではホールデン湖は？」

レヴィが首を横に振ると、シリルが植物図鑑を広げた。巻末に地図があった。サルゼード王国を中心にした大陸の図だ。そんなページがあることを知らなかったレヴィはびっくりする。

「この丸が王都マクファーデンだ。ソーウェル村は書きこまれていないな……このあたりにある。そしてこの三日月のような形をしたものがホールデン湖。そのほとりにエルソン村がある。昔から王都に住む貴族たちの保養地として利用されてきた地域で、いい宿があるんだ。ここに泊まろう」

シリルと旅行。こんな幸福があっていいのだろうか。想像しただけでわくわくしてくる。

「本当に、シリルさまと旅行に行けるんですか」

「行く。二人きりで楽しもう。ああでも、馬車で行くなら御者《ぎょしゃ》もいっしょだな。我慢してくれるか？」

厳密《げんみつ》には二人きりではない、とシリルが残念そうに眉尻《まゆじり》を下げる。レヴィはふふっと笑いながら、「我慢します」とシリルに抱きつく。とても自然に抱きつくことができて、レヴィは内心で「あれ？」と自分に驚いた。

「レヴィ」

シリルの腕が背中に回され、ぎゅっと力をこめてくる。何日ぶりの抱擁《ほうよう》だろう。シリルの喜びがぬくもりとともに伝わってくるようで、レヴィは胸がいっぱいになった。

旅行をきっかけに、元に戻れるかもしれない。勇気を出して、気持ちを打ち明けよう。シリルはきっとわかってくれる。嫌ったりはしない。

「楽しみです、シリルさま」

「私も楽しみだよ」

頭のてっぺんにシリルがチュッとくちづけてくれる。服越しに響いてくるシリルの胸の音に耳を傾け、レヴィは目を閉じた。

シリルの休暇申請《しんせい》はすんなりと通ったが、思いがけず大所帯で移動することになった。シリルとレヴィ、そして御者のみの旅行だと聞いたフリップが、異《い》を唱《とな》えたのだ。

「危険すぎる。護衛を連れて行った方がいい」

「なにが危険なんだ。馬車はオーウェル家の紋章がないものを選んだし、御者の服装も地味なものに替えた。貴族が乗っているとは思えない馬車を襲撃する間抜け者はいないだろう。人通りの多い街道を行くつもりだし、なにかがあってもレヴィは私が守る」

反論したシリルに、フリップが呆《あき》れた口調で話した。

「シリルが強いことは知っている。だがレヴィを拉致した奴らが、まだ全員捕まっていない。そもそも全部で何人だったのか、はっきりわかっていない。残党がどこかに潜伏《せんぷく》しているかもしれないんだぞ。シリルとレヴィを逆恨《さかうら》みしていたらどうする。いくら馬車に紋章がなくとも、標的が決まっていたら意味がない。大人数で一気に襲撃されたら？　いきなり馬車を横転させられたら？　レヴィがケガをするかもしれないぞ。時と場合によっては守り切れないことがあると、学んだんじゃなかったのか」

そう言われて、シリルは黙りこんだ。しばし眉間に皺を寄せて考えこむ姿勢をとったあと、レヴィを振り返る。

「すまない、レヴィ。フリップの意見ももっともだと思う。人数が増えてしまうが、いいか？」

「もちろん、いいです。ぼくはシリルさまの判断に従います。そもそもぼくは、何人で出かけようとも嬉しいからいいんです。シリルさまがぼくを旅行に誘ってくれたというだけで、もう幸せ一杯だから」

レヴィの本心だ。旅行が決まってから毎日がウキウキで、なにをしていても笑みがこぼれてしまう。着替えなどの荷物を用意しているときも、キャシーへの土産《みやげ》を考えるときも。

休暇を取るために仕事を詰めて、帰宅が遅くなっているシリルには申し訳ないが、落ち着いて読書ができないくらい浮かれていた。御者以外に護衛がつくくらいなんともない。

「レヴィ」

シリルが抱きしめてきた。フリップがそれをなかば呆れたような笑みで見ている。恥ずかしかったが、ちょっとだけ我慢した。人目を気にしすぎていては、旅行なんていけない。

「可愛いよな、レヴィ。あー、俺も恋人がほしい。結婚したい」

フリップが空に向かって喚《わめ》くのを、シリルが冷たく笑った。

「だったらまずは娼館《しょうかん》通いをやめたらどうだ」

「俺の楽しみを奪うのか。娼館はいいぞ。その日の気分で娼妓《しょうぎ》を選べるんだから」

「おまえ、一生結婚するな」

レヴィもシリルの意見に賛成だ。

そうして旅行には五人の護衛がつくこととなった。オーウェル家の私兵で構成された護衛の名簿に、なぜかフリップの名前がある。「あいつはたんに息抜きをしたかっただけなんじゃないか?」と、シリルはため息をついたが、名前を削除することはなかった。

そして旅行の日がやってきた。飾り気のない馬車に乗りこみ、アゼルとランドールに見送られて、王都を出発した。馬車を囲むのは五人の騎馬兵。騎士服は着ておらず、商人を守る雇われ兵士のようななりをしている。護衛役に混じったフリップは、レヴィと目が合うとパチンと片目を閉じてきて、ニヤリと笑った。

天気がよく、空気はキンと冷えている。馬車は街道を順調に進んだ。

「すまないな、面倒くさいことになって。春になったら空の旅をしよう。こんなにあれこれ偽装をしなくとも、自由にどこへでも行けるぞ」

シリルがそんなふうに言ったのは、ひとつめの休憩場所を出たときだ。いくら馬車と護衛を地味にしても、シリルの目立つ容貌《ようぼう》はどうしようもない。フード付きマントでできるだけ隠していたが、すれちがった数人には気付かれたようだった。

「シリルさま、面倒くさいなんて思っていません。楽しいです」

レヴィの言葉に嘘はない。馬車の小窓から見る街道沿いの景色は、レヴィにとってはすべて物珍しく、「あれはなんですか」と問いかけてシリルが丁寧に答えてくれるというやり取りだけで心が躍《おど》った。

一ヵ月前、シリルに助けられて馬で王都へ向かっていたときは、こんなふうに風景を楽しむ余裕がなかった。初めての騎乗による長距離移動で緊張していたうえ、フードを深く被って人目を避けることで一生懸命だったからだ。

馬車での移動はとても楽で、持ちこんだ膝掛けは温かい。シリルとの気楽なおしゃべりは、レヴィの心に巣くっていた憂《うれ》いを薄れさせた。ずっとレヴィの顔色を窺う毎日だったシリルも、ずいぶんと寛《くつろ》いだ雰囲気になっている。シリルと微笑みあいながら、レヴィは心の中にすこしずつ勇気を溜めていった。

「まあ、まあまあレヴィ！」

キャシーはレヴィを大歓迎してくれた。レンガ造りの家はそれほど大きくなく、客をもてなす部屋などない。玄関先に護衛を待たせ、レヴィはシリルとともに土間に入った。

「レヴィ、元気そうね。よかった。顔色もいいし、ああ……手がきれいになってる。シリル様のお屋敷で大切にされているのね。顔をよく見せて。王都でお医者様に診《み》てもらったの？　顔の火傷痕がよくなっているわ」

キャシーは涙ぐんで母親のようにレヴィの健康を喜んでくれた。十年前の火事のときから、レヴィは視力が落ちた右目だけで生活していた。キャシーの顔をはっきり見たのは、まさに十年ぶり。記憶にあるよりもキャシーは年を取っていたが、明るい笑顔はそのままだった。

キャシーはレヴィの後ろに立つシリルに気付いていないようだ。フードを目深《まぶか》に被ったままだからだろう。

「あのあと、シリル様のお遣いという方から、お礼をいただいたの。とてもありがたかったわ。でもあんたが幸せそうなのが一番よ。それで今日はどうしたの？　こんな辺鄙《へんぴ》な村までわざわざ来て」

最初の驚きがすぎて、キャシーは急に不安になったらしい。表情を曇らせた。

「まさか、王都でなにかしでかして逃げてきたの？　それともシリル様にもう飽きられて暇を出されたの？」

とんでもない発想に、レヴィはつい笑ってしまった。

「ちがうよ、キャシーおばさん。お墓参りに来たんだ。雪が積もるまえにと思って」

「ああ、そうなの。そうね、あんたって墓参りを欠かさない孝行息子だったものね。王都に行ってもレオナたちのことを忘れないなんて、本当にいい子ね」

頭を撫でてきたキャシーが、「あらやだ、髪の毛までツヤツヤでふわふわじゃないの」と羨ましそうに呟いた。

「レヴィ、そろそろ紹介してもらえないだろうか」

そう言いながら、シリルがフードを外した。とたんに、キャシーが眩《まぶ》しそうに目を細めた。レヴィですら、薄暗い室内に太陽が出現したかと錯覚《さっかく》するほどに、シリルは光り輝いて見える。ここに来るまで目立たないように自分というものを抑えていたせいだろうか、一気に開放したかのようだ。

「シ、シリル様？」

「そうだよ、キャシーおばさん、シリルさまだよ」

「嘘でしょう、こんなボロ屋に、シリル様が……」

呆然《ぼうぜん》としているキャシーに構わず、シリルが「シリル・オーウェルといいます」と軽く頭を下げる。

「あなたのことはレヴィから聞いています。この村で母親代わりになってくれていたとか。今回、墓参が目的の遠出ではありましたが、レヴィがお世話になったあなたに会いたい、いままでの礼を言いたいと望んだので、お邪魔しました」

「は、はあ……」

「キャシーおばさん、あのね、お土産があるんだ」

立ち尽くしているキャシーが我に返るまで待てないレヴィは、玄関前で待たせている護衛に声をかけた。馬車の荷台から降ろした荷物が、つぎつぎと土間に運びこまれる。キャシーは目を白黒させた。

「もうすぐ冬だから、毛布と毛皮をたくさん持ってきたよ。あとね、これは子供たちに」

子供用の本と勉強用の帳面、ペンとインク。最初は子供服を選ぼうと考えたのだが、キャシーの子供たちとはしばらく会っていない。みんなどれだけ大きくなっているかわからなかったので、本や帳面ならだれかが使うのではと持ってきた。

「レヴィ、こんなにたくさん……」

キャシーは泣きそうな顔で微笑み、「ありがとう」と掠《かす》れた声で言った。どうやら喜んでくれたようだ。レヴィはホッとした。

「これは全部、ぼくが働いて買ったものじゃないけど――」

「レヴィ、そんなことは気にしなくていい。君は私の伴侶だ」

きっぱりと言い切ったシリルに、キャシーがなぜか頬を赤く染めた。

「そうだぜ、レヴィ。いちいち気にすんな。シリルはすげぇ金持ちなんだから」

玄関の外からフリップが顔を覗かせて口を出してきた。招いていないのにズカズカと中に入ってきて、キャシーに騎士の礼をする。

「お初にお目にかかります、マダム。俺はフリップ・フェラース。中級貴族の二男ですが、シリルが将軍になったとき、俺は副官に出世する予定です。どうぞ、お見知りおきを」

「あらあら」

キャシーが目を丸くして、声をたてて笑った。

「さあ、そろそろ墓参りに行こうぜ。あんまりのんびりしていたら、日のあるうちに宿に着けなくなる」

フリップはそれを言いに来てくれたようだ。レヴィとシリルはキャシーに再訪を約束して、家を出た。馬車に乗りこみ、集落の外れまで移動する。一ヵ月前までレヴィが住んでいた小屋があった。手入れをして住む人がいなくなったせいだろう、倒れかけていた。積もるほどの雪が降るようになれば、重みで潰れるにちがいない。

（こんなところに、ぼくは住んでいたんだ……）

いまとなっては信じられない。よく我慢していたものだ。ここ以外に住処《すみか》はないと思っていたから、耐えられたのだろう。

馬車から出てレヴィがぼんやりと小屋を眺めていると、シリルが無言でそっと肩を抱き寄せてくれた。

「さあ、行こう」

そこからは徒歩で森の中に入った。レヴィの気持ちに配慮してか、護衛たちはすこし距離をおいてついてくる。通い慣れた道を進み、墓地にたどり着いた。

わずか一ヵ月で、墓地は荒れた印象になっていた。レヴィくらいしか訪れる人はいなかったのだ。だれも来なくなって草が生え、墓標《ぼひょう》を覆うようにしてその草が枯れている。そのうち、森と同化しそうだ。

野花は咲いていない季節だ。レヴィはオーウェル家のバラを切ってもらって、ここまで持ってきた。一本の茎に薄赤い小さな花がいくつもついている、可愛らしい種類のバラだ。庭師が丁寧に棘を取ってくれたので、束《たば》ねたものを抱えていてもケガをする心配はなかった。

人気のない荒れた気配の墓地を見渡して、レヴィは心の中で「しばらく来られなくてごめんなさい」と謝った。シリルとの王都の生活で頭がいっぱいになっていた一ヵ月間だった。

レヴィはまず自分の両親の墓標のまえに膝をつき、花を置いた。シリルも膝をついて、レヴィの両親に挨拶するように頭を下げてくれる。

（お父さん、お母さん、ぼくはいま王都で暮らしているんだ。どうやらシリルさまの伴侶になるみたい。こんな幸運ってあるんだね……）

両親の名が刻まれた墓標に語りかける。

ここでシリルと出会った。もしかしたら孤独なレヴィのために、両親が引き合わせてくれたのかもしれない――なんて考えてみる。

「シリルさま、歌をうたってもいいでしょうか」

「以前とおなじようにすればいい」

「はい」

胸いっぱいに空気を吸ってから、細く高く声を出す。ここに眠る村人たち、ひとりひとりに届くように。天まで響くように。歌いながら、順番に花を供《そな》えていった。

シリルは無言でレヴィのうしろを歩く。フリップたちは邪魔しないように配慮してくれているのだろうか、墓地の隅で待機してこちらまで入ってこない。墓地を囲む森は静かで、レヴィの賛美歌だけが周囲に響き渡っている。

ふと、レヴィは森が静かすぎると思った。いくら初冬とはいえ、人間といっしょで森に住む小動物たちも冬ごもりの準備に忙しいはずだ。木の実の残りを集めて巣に持ち帰ったり、冬眠に備えてお腹いっぱいになるまで食べたり。小鳥の羽音すら聞こえないのはおかしい。

なにか不穏な空気を感じ取り、レヴィは歌声を途切れさせた。ちょうど手元のバラがなくなったところだった。

「レヴィ、もう終わりか?」

「あの、シリルさま」

顔を覗きこんできたシリルに、レヴィはこの違和感をどう説明したらいいかと口籠《くちご》もる。

「どうした?」

「なにか、変です」

「変?」

うまく言えなくてレヴィが目を泳がせたときだ。森の木々のあいだに、人影が見えた。ハッと息を飲んだレヴィに、シリルが瞬時に反応する。シリルがレヴィを地面に押し倒したのと、頭上を矢が飛んでいったのは、ほぼ同時だった。だれかの墓標にザクッと矢が刺さる。小刻みに震える矢羽根を、レヴィは愕然《がくぜん》と見た。

「フリップ!」

シリルが鋭く名前を呼ぶ。墓地の隅にいたフリップたちが一斉《いっせい》に動いて散った。入り乱れる足音と男たちの怒号。レヴィが頭を起こすと、フリップたちと山賊《さんぞく》のようななりをした数人の男たちが剣を振り回して乱闘状態になっていた。

「レヴィ、ケガはないか」

墓標のあいだに身を隠すようにして姿勢を低く保ち、シリルが聞いてくる。

「大丈夫です」

「こんなところで襲われるとは思っていなかったな。油断した。あいつらはいったいなんだ。私たちが何者かわかっていて襲撃したのか？　身なりがバラバラですぐには判断できないな」

シリルが冷静に分析している。襲ってきた男たちは、こちら側の護衛よりも人数が多い。だが腕っぷしは正規の訓練を受けている護衛たちの方が上のようだ。

「こんなところに隠れていやがったのか」

背後で声がして、慌てて振り返った。薄汚いマントを着た男が、剣を手に立っている。レヴィとシリルをギラギラとした憎《にく》しみの目で睨んでいた。すっとシリルが立ち上がり、腰の剣を抜く。よく磨かれた剣が、陽光にキラリと光った。

「レヴィ、下がっていろ」

シリルの足手まといにはなりたくない。レヴィは命じられたとおりにシリルから距離を取ろうとしたが、「おい、そこのクソガキ！」と男に怒鳴られる。

「ずっとこの日を待っていたんだ。逃がさねぇぞ。この竜人をぶっ殺したら、すぐにおまえも刻んでやるからそこで待ってろ！」

男の目には殺意があったが、シリルは落ち着いている。

「おまえたちはレヴィを攫った一味の残党か」

剣を構え、間合いをはかりながら、男の気を逸らすように話しかける様子は頼もしい。

「ああそうだ。仕事を失敗して俺たちは散り散りになった。成功すれば一生遊んで暮らせるくらいの報酬《ほうしゅう》が手に入るはずだったのに。そのクソガキ、俺の耳を噛みちぎりやがって！」

よく見れば、男の片耳がいびつな形をしていた。

「あのときの……」

一ヵ月前に連れ去られたとき、レヴィは逃げるために自分を背負った男の耳を噛んだ。口の中に鉄の味がよみがえってきて、レヴィは気分が悪くなる。

「それは逆恨みというやつだ。私たちに怒りをぶつけるのはまちがっている」

「うるせぇ！」

男が剣で闇雲《やみくも》に突いてきた。悲鳴を上げかけたレヴィのまえで、シリルが華麗に自分の剣ではじく。体格はわずかに男の方が大きかったが、力量ははるかにシリルが勝っている。剣技は力ではない、というのがよくわかった。

（シリルさま、すごい）

男を圧倒して墓地の隅へと追いやるシリルの強さに、レヴィはこんな場面だというのに陶然としてしまった。シリルは男を殺すつもりはないようだ。トドメを刺すことなく、動きを鈍くするていどに手足に傷を負わせている。捕縛して王都に連行するのだろう。

じっと動かないでいるレヴィから、シリルはすこしずつ離れていく。フリップたちはどうしただろう、と振り返ったそこに、べつの男が立っていた。剣を手に、レヴィを見下ろして不気味に笑う。泥《どろ》と垢《あか》にまみれた顔が一気に迫《せま》ってきた。剣を持っていない方の手で、レヴィの腕を鷲掴《わしづか》みにする。

「やめて！　いやだ！」

どこへ連れて行くつもりなのか、レヴィは引きずられた。必死で踏ん張り、掴まれていない手で殴りかかる。非力ではあっても、どこかに当たったらしい。男が呻《うめ》いて手を離した。

「レヴィ、走れ！」

「シリルさま！」

気付いたシリルが振り向く。そちらへ駆けていこうとしたレヴィに、男が剣を振り回した。ザクッと音をたてて腹のあたりの服が破れる。その拍子にレヴィは枯れ草に足を滑《すべ》らせて、思い切り転んでしまった。

「レヴィーッ！」

シリルが悲痛な声で呼んだ。もしかして腹を切られたように見えたのかもしれない。ケガはしていないと、すぐに立ち上がろうとしたが、足首を捻《ひね》ったようで力が入らない。体重をかけ

ると痛みがあった。

そのときだ。

シリルの全身が白い光で包まれた。あまりの眩しさに目を閉じる。つぎに目を開けたとき、そこには大きな白銀の竜が出現していた。

◇

油断していた。それは認める。

シリルは薄汚れたマント姿の男と対峙《たいじ》し、反省しながら間合いをはかった。

剣を構えて相手の力量を推測する。シリルから見たら隙だらけではあったが、基本を踏まえた姿勢をとっている。おそらく軍属の経験があり、多少なりともまともな訓練を受けた過去があるのだろう。

片耳がいびつな形をした男は、殺意を宿した目でこちらを睨んでいた。シリルも睨み返す。

(残党だかなんだか知らないが、よくも邪魔をしてくれたな)

かなり腹が立っていた。レヴィとのはじめての旅を満喫《まんきつ》していたのに。

アゼルの話を聞いてからというもの、レヴィは口数が少なくなり、笑顔が減った。レヴィにとっては、それほど衝撃的な内容だったのだろう。シリルは驚きはしたが、もしかしてという予想をしていた。自分の体に秘められた不思議な力をはっきり知ることができて、むしろすっきりした。

レヴィはきっと困惑しているだろうから、とシリルはそっとしておくことに決め、恋人らしい触れ合いがなくなっても静かに見守りつづけていた。それでもあまり日数がたつと、若い体が我慢できなくなってくる。手を伸ばせば届くところに、愛する人がいるのだ。抱きしめたいし、くちづけたいし、熱い夜を過ごしたいと願ってしまう。

気分転換に出かけてはどうかと、われながらいい提案をしたと思った。レヴィはとても喜んで、楽しそうに旅の支度をしていたから。素晴らしい小旅行になるだろうと、シリルも楽しみにしていた。フリップが護衛としてついてくることになったのは誤算だったが、レヴィは嫌がっていなかったのでよしとする。

墓地で襲撃にあうまで、本当に理想的な旅だったのだ。

「このクソ野郎！」

叫びながら斬《き》りかかってくる男の剣を受け流し、シリルはじわじわと墓地の隅へと追いやっていく。背後にいるレヴィから遠ざけるつもりだった。

「死ね！」

もう息が上がってきた男が顔を歪めて渾身《こんしん》の力で剣をくりだしてきた。シリルは冷静に身をかわし、男の剣の根元を叩いた。強烈な衝撃があっただろう。男が呻いて剣を落とす。腕を抱えて前屈《まえかが》みになり、無防備になった男の背中をすかさず剣の柄《つか》で叩いた。

「うがっ」

醜い声を上げて、男はうずくまった。激痛のあまり、しばらくは立てないだろう。殺さずに捕縛する必要があった。命を奪うことなく動きだけ封じる方法は知っていた。

「やめて！」

レヴィの叫び声にハッと振り向く。別の男がレヴィの腕を摑んでいた。

「レヴィ！」

慌てて駆け出す。意図的にレヴィから距離をとったのがいけなかった。必死に抵抗するレヴィが、男の手から離れた。シリルは「走れ！」と叫ぶ。こちらへ来いと。

「シリルさま！」

レヴィと一瞬、目があった。走ってこようとしたレヴィに、男が剣を振る。剣先が、レヴィの腹を横一閃《よこいっせん》に引き裂いた。ちいさな体が、地面に倒れていく。

「レヴィーッ！」

立ち上がろうとしてか、レヴィがか弱くもがいて——けれど起きられない。

目の前が真っ赤になり、体の芯が燃えるように熱くなった。猛烈な怒りが身の内から噴き上がる。レヴィを傷つけた男への怒りと、レヴィを守り切れなかった自分への怒りが爆発した。

「あぁぁぁぁーっ！」

頭の芯が燃える。全身の細胞がひとつ残らず一気に膨《ふく》れあがる。怒りはそれ以上に膨れあがった。

気がついたら目線が高くなっていた。森の木々よりも高い。感情的になりすぎて竜体になってしまったと分析する理性など残っていない。シリルは墓地を見下ろし、腹の底から咆吼《ほうこう》した。

「オオォォォォー！」

地鳴りのような轟音《ごうおん》が響き渡り、襲撃してきた男たちが悲鳴を上げて逃げはじめる。森の中へと逃げこむ男たちを、シリルは追いかけた。

（よくも、よくもレヴィを！　私のレヴィを！）

森の木々は大半が葉を落としており、走っていく姿がよく見える。一人も逃がすまいと、シリルは邪魔な木をなぎ倒し、もろとも男を踏み潰した。前足で捕まえた男は放り投げる。後ろから矢を射かけてきた男は長い尾で弾《はじ》き飛《と》ばした。

（私のレヴィを返せ！　レヴィを殺した報《むく》いを受けろ！）

すでに捕縛されて地面に転がっている者を見つけて、踏んでやろうと後ろ足を上げたときだった。

「シリル、落ち着け！　レヴィは無事だ！」

聞き慣れた声が耳に届いた。振り返ると墓地の端に、フリップがいた。そのかたわらにはレヴィがいる。自分の足でしっかり立っていた。

「シリルさま！　ぼくは斬られていません！　ほら、元気です！　生きています！」

レヴィが両手を振り回し、ぴょんぴょんと可愛らしく飛び跳ねた。しかしすぐに右足から崩れて地面に膝をつく。

「無理をするな。捻ったんだろう？」

「でも、シリルさまが……」

そんなやり取りが聞こえてきて、シリルは我に返った。身の内で燃えていた怒りの炎がスウッと消えていく。

「シリルさま、ぼくは平気です！　斬られていませんから！」

レヴィがシリルに向かって両手を広げている。服の一部が破れているのが見えた。剣で斬られたのはそこだけだったのか。

安堵《あんど》とともに脱力して、シリルは周囲をやっと見渡すことができた。墓地はなんとか無事だったが、その周辺の森が惨憺《さんたん》たる有様《ありさま》になっていた。襲撃してきた男たちが、荒れた森のところどころに倒れている。呻きながら助けを求めている者もいれば、ぴくりとも動かない者もいる。

どう見ても、やり過ぎだ。頭に血が上ってしまった。

理性を失った凶暴な姿をレヴィに見られたことが、シリルを暗澹《あんたん》たる気持ちにさせた。

◇

墓地で襲撃してきた男たちは、全部で十一人だった。そのうち五人が死亡。三人は重傷で治療が必要な状態になっており、残りの三人が話ができる軽傷で尋問《じんもん》が可能だったらしい。護衛たちがソーウェル村の役場に彼らを運び、事後処理のためにフリップが残った。

レヴィはシリルとともに、予定していた宿には向かわず王都へ戻った。フリップを除いた護衛たちに囲まれてオーウェル家に帰り着いたとき、すでにとっぷりと日が暮れていた。にもかかわらず、アゼルとランドールが待ってくれていた。

シリルに抱きかかえられるようにして馬車を降りたレヴィに、アゼルが駆け寄ってくる。

「ああ、レヴィ、無事でよかった。足をケガしたって聞いたけど、斬られたの？」

「心配をかけてしまってごめんなさい。足首を捻っただけなので、大丈夫です。たいしたことはありません」

「お医者様が待ってくれているから、さあ」

アゼルに促されて屋敷の中に入り、待機していたオーウェル家の主治医に足首を診てもらった。

「骨に異常はないようだ。あまり動かさないようにして安静にしていれば、四、五日で痛みはなくなる」

そう診断をされて、聞いていた一同はホッと息をついた。これしきのケガ、ひとりで暮らしていたあいだは日常茶飯事《さはんじ》だった。たいしたことはないとわかっていたが、レヴィも安堵した。すこし腫《は》れているので発熱するかもしれない、と薬包をいくつか出してもらい、レヴィはすぐに自室で休むようにと言われる。シリルがレヴィを三階まで抱き上げて運んでくれた。いくら小柄とはいえ十七歳になるレヴィを横抱きにし、シリルは軽々と階段をあがる。

レヴィの寝室まで連れて行ってくれたシリルは、「たいしたことがなくてよかった」と微笑んだ。

帰りの馬車の中で、シリルは無口だった。理性を失って暴走してしまったことを反省しているようだったので、レヴィはそっとしておこうと黙っていた。

暴れる白銀の竜を見たとき、まったく怖くなかったと言えば嘘になる。ものすごい破壊力だった。大木が尾の一振りでなぎ倒され、竜の咆吼は地面を震わせた。前足で摑まれて放り投げられた男は、まるで木の葉のようにくるくると舞った。

闇雲に暴れる白銀の竜を、だれもとめられない。護衛たちは愕然と見ていることしかできなかった。しかし、その美しさはどうだろう。初冬の陽光をはじく白銀の鱗は神々しいほどで、広げると墓地を覆ってしまうほどにおおきな翼はもはや芸術品のような造形だった。

座りこんだままシリルに見惚れていたレヴィに、フリップが駆け寄ってきて、「シリルの思念を読み取れないか」と言ってきたのだ。言葉を話さなくとも頭の中で考えていることが読めると聞いたことがある」

そういえば、そうだった。一ヵ月前の助けられた翌朝、竜体になったシリルとともに空を飛んだとき、そんな状態になったことを思い出す。あれ以来、シリルが竜体に変化していなかったので忘れていた。

シリルの心を読み取ってみよう、とレヴィは集中した。すぐに悲しみと憎しみ、怒りが伝わってくる。シリルはレヴィが腹を斬られたと思いこんでいた。絶望のあまり心は暗黒に沈《しず》み、怒りの炎で理性を焼き尽くしている。そして襲撃してきた男たちに憎しみをぶつけていた。

それをフリップに説明すると、「シリルに呼びかけよう」と大声でシリルの名を呼んだ。レヴィもいっしょに呼びかけた。そして、自分が無事であることを知らせたところ、シリルが冷静になってくれたのだ。

アゼルに聞いた、竜人と人間の絆の話は誇張《こちょう》ではないのだと知った。自分はなんの取り柄もない平民だけれど、シリルは愛してくれている。愛ゆえにレヴィの身になにかあったとき、シリルは理性を失うのだ。

なにがあろうと、シリルより先に死んではならない。

帰りの馬車の中で覚悟を決めた。

レヴィは自分の役割を受け止める。シリルと性交し続けて、長生きする道をみずから選ぶ。流されて、なんとなくそうするのではない。自分でそう決めたのだ。大好きなシリルと長い人生を歩んでいくと決意した。もう恥ずかしいなんて思わない。

「レヴィ、今回は本当に悪かった。私のせいで旅行が台無しになってしまって」

「シリルさまのせいじゃありません」

「いや、私のせいだ。たとえ襲撃にあったとしても、こちらの方が腕は上だった。簡単に制圧できたはず。私が我を失って竜体に変化しなければ、あのあと予定していたとおりに宿へ向かうことができていたと思う」

「旅行はまたあらためて計画しましょうよ。いつでも行けます。むしろ、今回で残党が一掃《いっそう》できてよかったじゃないですか」

そう楽天的な言葉を口にしたのはフリップだ。真似て言ってみたが、シリルは苦笑いしただけだった。

そっと身を屈めてきて、レヴィの額にくちづけ、「おやすみ」と囁き立ち去ろうとする。

「待ってください」

引き留めると、シリルは戻ってきてくれた。布団の中から伸ばしたレヴィの手を、ぎゅっと握ってくれる。

「すこし、話をしてもいいですか」

今夜、宿で話そうと思っていたことを、いまここで言ってしまおうと思った。

「ぼく、シリルさまに謝らなくちゃいけません」

「レヴィが、私に？」

「聞いてください」

レヴィの真剣な様子に、シリルは寝台の端に腰をおろして聞く体勢になってくれた。じっと見下ろしてくるシリルの美しい瞳を、レヴィは一心に見つめ返す。

「アゼルさまから、竜人族の話を聞いた日のことです。竜人族が長命だということ、血の絆を結んだ人間が先に亡くなったときのこと、白い竜の秘密……ぼくはなにも知りませんでした。ただ、憧れていたシリルさまと親しくなれて、その、抱き合うようになれて、降って湧いたような幸せに夢中でした。まさか、シリルさまと性…交、することで、ぼくの体に変化が現れるなんて、思ってもいなくて、びっくりしました……」

「それは私もだ。アゼルの話には驚いた。竜人族が人間よりも長命なのは、なんとなくわかっていたが、白い竜にそんな秘密があったとは知らなかった。ランディが老けない理由を、あまり深く考えてこなかったから――いや、無意識のうちに、あえて考えることを避けていたのかもしれない。どう見てもおかしいのに……。君が衝撃を受けるのは無理もない」

「ぼくはあのとき、恥ずかしいと思ってしまったんです」

勇気を振り絞《しぼ》っての告白だった。シリルは「え？」と首を傾げる。

「シリルさまの体液に、ぼくを老化させない力があると知って、は、恥ずかしくて……」

ぎゅうっと目を閉じる。こうして言葉にしてみると、あまりにも情けない、ちっぽけな悩みだ。でも話さなければ、謝ることができない。

「ぼくの顔の傷がよくなってきたのは、シリルさまと頻繁《ひんぱん》に性交していたからですよね。このお屋敷に来てから、ぼく、浮かれていて、夜だけじゃなく朝とかも、ちょっと時間があるとシリルさまと、その、してばかりでした。日に日に火傷痕がよくなっていくのを鏡で見て、不思議に思っていました。でもそれは、シリルさまの体液のおかげだったたって知って……もう、恥ずかしくて」

気付いたときの羞恥を思い出せば、覚悟を決めたはずなのに顔に血がのぼる。そんな自分も情けなくていやだ。

「白い竜の秘密は、限られた人しか知らないといっても、アゼルさまとランドールさま、アランさまとエリアスさま……すくなくとも身近にいる四人は知っています。ぼくの顔がどんどんよくなっていって、何年たっても老けなければ、この四人は、夜毎《よごと》ぼくとシリルさまが性交していると想像するんだなと考えたら恥ずかしくて、とても耐えられないと思って、シリルさまの誘いを断ってしまいました。ごめんなさいっ」

あれは愛の交歓だ。愛を確かめあうための、尊くて、大切な行為だとわかっている。男女が性交すれば子を授《さず》かるのは、大人ならばだれでも知っていることで、恥ずかしくもなんともない。

それなのに、レヴィはまず羞恥を覚えてしまったのだ。愛してくれているシリルに申し訳なくてたまらない。

「ごめんなさい……許してください……ぼくはバカです。愚か者です」

鼻の奥がツンと痛み、きつく閉じた目の奥が熱くなる。目尻に涙がたまった。

「レヴィ、レヴィ、すまない。君がそんなふうに感じていたなんて、知らなかった」

頬にてのひらの感触がして、レヴィは目を開けた。鼻先が触れるほど近くにシリルの顔がある。水色の瞳はまっすぐにレヴィを見つめ、せつなげに細められていた。

「気付いてあげられなくてごめん。ひとりで悩み、苦しんでいたのか？　私のせいで苦しませてしまって、すまなかった」

シリルの口からため息がこぼれる。

「愛するレヴィとともに暮らせるようになって、私はとても浮かれていた。任務中もふと気付くと君のことを考えているほどだった。君がそばにいると我慢できなくて、つねに触れていたいと思ってしまい、手を出してばかりだった。そのせいで君の顔の傷が急速によくなっていったのだろう。そうだな、白い竜の秘密を知る者には、レヴィの火傷痕が治っていく理由の見当がつく。レヴィ、もう私に抱かれるのは嫌か？」

心臓が凍りつくほどの衝撃に、レヴィは飛び起きた。

「シリルさま」

「村に帰るか?」

「帰りませんっ。誤解しないでください。ぼくはシリルさまとこういう関係になったことを後悔していません。帰りたくないです。ここにいたいです。いさせてください。ごめんなさい。謝るのはぼくの方です」

「レヴィ、わかった。もう言わないから、落ち着いてくれ」

「シリルさま、ぼく、ここにいたいです。もう恥ずかしいなんて言いません。もうそんなふうには思わないって決めたんです」

「……レヴィ」

「もう何日もシリルさまと触れあえていなくて、寂しかった……。だ、抱いて、ほしいと思っていました。でもきっかけが摑めなくて、旅先なら正直にすべてを打ち明けられるかなと、今夜、宿で話すつもりだったんです」

信じて、と繋いだ手を持ち上げ、シリルの指にくちづける。

「レヴィ、すまない。試すようなことを言ってしまった。君を村に帰すことなんて、本当はカケラも考えていない。帰せるわけがないだろう。こんなに好きなのに」

こんどはシリルがレヴィの指にくちづけてくれた。

「シリルさま、ぼくを試したの?」

「悪かった」

「本気で言ったんじゃない？」

「本気のわけがないだろう」

「よかった……」

安堵のあまり、涙がこぼれた。頬を伝って落ちていく涙を、シリルの手が拭《ぬぐ》ってくれる。

「レヴィ、君がアゼルの話を聞いて混乱していることはわかっていた。だから気持ちが静まるまで待っていた。そんなに悩んでいたのなら、行儀よく待つことなく、多少強引にでも聞き出そうとすればよかったな」

ふっと笑って、シリルの腕がレヴィの背中にまわる。抱きしめられて、レヴィはシリルの胸に顔を埋めた。衣服越しのぬくもりを感じ、レヴィは目を閉じた。じっとしているとシリルの鼓動が響いてくる。懐かしさを覚えるほど、こんなふうに触れ合うことから遠ざかっていた。

「くちづけていいか？」

「はい。してください」

顔を上げて、唇を差し出す。そっと重なってきた唇に軽く吸われて、じんとした甘い痺《しび》れにうっとりする。

「……よかった……」

今度はシリルがちいさく呟いた。

「シリルさま?」

「レヴィが私と夜を過ごしてくれなくなったのは、嫌われたのだと思っていた」

「まさか、ぼくがシリルさまを嫌うわけがありません」

「二百年は長い。君はそんなに長く生きるとは思っていなかっただろう? 家族や友人知人、みんな先に死んでしまう。そんな一生はいやだ、おかしな力を持つ竜人なんて気味が悪いと嫌われたとしたら――。いや、レヴィはそんなふうに思わない。いまは動揺しているだけで、きっとまた明るい笑顔を見せてくれるようになる……と、毎日、私の心はぐらぐら揺れていた」

まさかシリルがそんなふうに考えて悩んでいたなんて。レヴィは自分の悩みに一生懸命で、シリルの心の中まで思いやれる余裕がなかったのだ。

「ごめんなさい、シリルさま……、ぼく、シリルさまが悩むなんて思ってもいませんでした。だってシリルさまはいつも強くて正しくて頼もしくて、凜とまえだけを向いて、僕を導いてくれる人だから……」

「君は私を神に近い存在だと思っているみたいだが、ただの二十二歳の若造だ。しかも世間知らず。アゼルとアラン、ランディと国に守られて、いままでのうのうと生きてきた。多少、剣の腕は立つが、それだけだ。普通に悩むし、答えが見つからずに苛立《いらだ》つこともある。愛する人の心がわからなくて、悶々《もんもん》とすることだって……あげくに試すようなことを言ったりもする」

「シリルさま」

そうだ、シリルとて二十二歳の若者なのだ。どうして本人に言われるまで、こんなに簡単なことがわからなかったのだろう。

「最悪なことに、今日は理性をなくして暴れてしまった。レヴィの両親が眠る墓地を、あやうくめちゃくちゃにしてしまうところだった。こんな危険な男のそばにいるのがいやになっていないか？　私が恐ろしくはないか？」

そう問いかけてきたシリルの目が暗かった。今日の出来事はシリルをずいぶんと自己嫌悪に陥《おちい》らせたようだ。

「恐ろしくなどありません。シリルさまの竜体は素晴らしく美しかったです」

「無理に褒めなくていい」

「いいえ、無理じゃないです。シリルさまが今日あんなことになったのは、ぼくが斬られたと思いこんだからですよね。ぼくのために怒ってくれたんでしょう？　そんなひとをどうして恐ろしく思うんです？　そんなわけがありません。ぼくのために怒ってくれたシリルさまは、とても、とても美しくて、カッコよかったです」

あのとき、レヴィはそんな場合ではないのに見惚れてしまっていた。白銀の竜は雄々しくて、キラキラと輝いていた。

「あの、気を悪くしないでくださいね。じつは、ぼく、誇らしかったんです。こんなにすごい竜が、ぼくのために悪者をやっつけてくれているんだ……って、ぼくのシリルさまは、だれよりも強くてカッコいいんだ……って」

シリルはしばし唖然としたように目を丸くしていたが、ひとつ息をついて「君は本当に……」と呟いたきり口を閉じてしまう。

「えー……と、だから、シリルさまのこと、ぼくは怖くないですし、嫌いになんてなるはずがありません。大好きです」

ぎゅっとシリルに抱きつく。信じてほしい。ひとつも嘘は言っていない。

耳元でふふっとシリルが笑った。

「ぼくのシリルさまか……」

「あ、ごめんなさい。そんな言い方――」

「いや、私は君のものだから、間違っていない。ただし、君も私のものだ」

「は、はい、そうです」

シリルの腕がレヴィをしっかりと抱きしめてくる。今夜二度目のくちづけが降ってきて、レヴィはまた涙がこぼれそうになる。こんどは喜びの涙だ。

「あ、ん……」

シリルの舌がレヴィの口腔に入ってきた。上顎《うわあご》を舐《な》められて喉が鳴る。体の奥がきゅっと反応して、レヴィはシリルの首に縋《すが》りついた。抱かれたい。大好きな人と体を繋げる幸せを知ってしまったから、もうそれなしではいられない。どうして何日も触れ合わないでいられたのだろう。こんなに好きなのに。こんなに心からシリルのすべてをほしがっているのに。

濃厚なくちづけは、レヴィの体をすっかり目覚めさせた。薄い寝間着の下で熱を孕《はら》み、固く凝《こご》っている。尻の奥はもう疼《うず》きはじめていた。密着しているシリルの胸も鼓動を速めている。

自分からシリルの舌を吸い、唇を甘く噛む。「シリルさま」と精一杯、甘えた声で名を呼び、誘ってみる。シリルの胸元のボタンをひとつ、ふたつ、外した。するとつられたように、シリルもレヴィの寝間着のボタンに指をかける。しかしハッとしたように手を離した。

「いや、待て、今日はやめておこう。君はケガをしている」

「ケガなんて、たいしたことはありません。ちょっと捻っただけです」

「医師は安静にするように言っていたぞ」

「大丈夫ですってば」

寝台から下りてしまいそうなシリルを、なんとか引き留めようとレヴィは頑張る。おたがいの気持ちを確かめあうためにも、なんとなく、今夜は二人で触れ合った方がいいと思うのだ。

「シリルさま、本当にケガなんて、もうたいして痛みもないですから」

「発熱するかもしれないと言われただろう」

レヴィの体を気遣ってくれるのはとてもありがたいが、シリルはおのれの股間《こかん》がどんな状態になっているか自覚しているのだろうか。ちらりと見ただけで、そうとう高ぶっているのがわかる。とても窮屈《きゅうくつ》そうだ。解放してあげないと辛いだろう。

真面目《まじめ》で頑固なシリルにどう言えばいいか考え、レヴィは名案を思いついた。

「ぼくのケガ、シリルさまが治してください」

「私が？　医術の心得はないぞ」

「ちがいます」

レヴィは自分の前髪をかき上げて、左顔面の火傷痕を露わにする。

「この火傷痕、ずいぶんとよくなりました。シリルさまが治してくれたんですよ。ぼくを何度も可愛がってくれたから。ね、そうでしょう？」

じわじわとシリルの顔に理解の色が広がっていく。

「ぼくが言いたいこと、わかります？」

優しくて甘い、そしてやっぱり輝くように美しい笑みが浮かんだ。

「レヴィは悪い子だな」

「いっぱい、ぼくの中に注いでくれますか」

「そうすれば、ケガは治ると？」

「きっとすぐに治ります」

「治るだろうな」

くすくすと笑いながらシリルが靴を脱ぎ捨て、寝台に乗り上がってきた。くちづけながらそれぞれ服を脱ぐ。一糸まとわぬ姿になったシリルに押し倒され、ひさしぶりに素肌を重ねた。

求めていた熱だ。

「ああ、シリルさま」

レヴィは感激のあまり、このまま達してしまいそうなほど高ぶった。

二人ともすでに体はその気になっていて、先端が濡れるほどに興奮していた。シリルの手が二人分の性器をまとめて握る。それだけで蕩《とろ》けるような快感に包まれた。

「あ、あっ、あんっ」

背筋をぞくぞくとした快感が駆け上る。気持ちよくて喘《あえ》ぎ声《ごえ》がとまらない。そんなレヴィを、シリルがじっと見つめている。水色の瞳に獰猛《どうもう》な光が宿り、怖いくらいだ。全部見られているると思うと、やはり恥ずかしさがある。けれどみっともなく喘ぐのを我慢しようしても、しきれるものではなかった。

「シ、シリルさま、そんなに、見ないで……」

「どうして？　私はずっと見ていたい」

「変な顔をしているから、いやです」

先端にぐっと爪を立てられて、鋭い快感に「あんっ」とのけ反る。一瞬も視線を外してくれないシリルは、陶然とした熱い息を吐いた。

「どこが変な顔だ？　君が感じている顔は、とても可憐《かれん》だ。ずっと見ていられるくらいにそそられる」

なった。

「あ、ああっ、そんなにしないで、もう……っ」

しばらくしていなかったせいで感じやすくなっている。レヴィはもう達してしまいそうに

「私も、もうもたない。いっしょに――」

「あ、んんっ！」

ほぼ同時にいった。下になっているレヴィの腹に、二人分の体液がほとばしる。絞《しぼ》るように性器を扱《しご》かれて、レヴィはびくびくと体を震わせた。まだ後ろにシリルを受け入れてもいないのに、強烈な快感に頭がぼうっとする。

射精直後の余韻《よいん》に浸っているレヴィの口元に、シリルが濡れた指を差しだしてきた。放ったばかりの二人の体液だ。ためらうことなく、レヴィは舌を伸ばした。

「ん、ん、ん」

指を口に含み、すみずみまで舐めしゃぶる。シリルの体液は甘くて美味しい。もっともっとと、お替わりがほしくなるほどだ。

口腔で性器を愛撫することを教えられたとき、ほとばしる体液を舌で受けた。一滴残らず嚥《えん》下《げ》したあと、シリルに「そんな不味《まず》いものを無理して飲まなくていい」と言われた。しかし、よく熟《う》れた果実から滴《したた》る果汁のように美味しかったのだ。アゼルから白い竜の秘密を聞いて、シリルの体液が特別なのだとわかった。

「もしかして、美味いのか?」

シリルも気付いたようだ。そう聞かれて、レヴィは「はい、とても」と頷いた。

「そうだったのか。では、もっと味わうか?」

促されて、レヴィはシリルの股間《こかん》に顔を埋めた。放出したばかりだというのに、シリルのそれは萎えていない。臍につくくらい雄々《おお》しく反り返っている性器に、レヴィは舌を這《は》わせた。先端から滲み出る透明なものも甘露《かんろ》のようだ。

夢中になってしゃぶっていると、カチャリと硬質な音が聞こえた。シリルが香油の瓶を取り出している。体を繋げるための準備をされるのだ。嬉しくて、期待が膨れあがる。

尻の谷間にとろりと香油が垂らされた。それをシリルの指が窄まりへ塗りこめるように動く。

「あ、ん、んっ」

気持ちいい。レヴィの体は、そこで快感を得ることを覚えてしまった。指一本だけでは物足りない。もっと太くて、もっと長くて、焼けるように熱いもので、そこを埋めてほしい。粘膜が、疼く。我慢できない。

どうにかしてもらいたくて、レヴィは手の中で脈打っているシリルの屹立に頬ずりした。

「シリルさま、はやく、これを……ぼくに……」

「だめだ。間隔《かんかく》があいてしまったから、丁寧に解《ほぐ》さないと」

そう言いながらも、シリルの剛直はぱんぱんに腫れ上がっている。先端の切り込みから間断なく溢れるしずくを、レヴィは焦《じ》れつつ舐めた。これも舌に甘くて美味しいけれど、もっと濃いものを体の奥の粘膜にも注いでほしいのだ。

シリルの指が二本に増やされ、レヴィは快感に悶えた。じっとしていられなくて、背中をくねらせる。尻を振るように動いていた自覚はなく、「煽《あお》らないでくれ」と叱《しか》られて涙目になった。

三本の指が香油で濡らされた穴をぬるぬると出入りする。頭がどうにかなってしまいそうなほど、ほしくてたまらなかった。体勢を変えて、やっとシリルが体を繋げてくれたときには、それだけで二度目の絶頂に達してしまったほどだ。

奥深くまで繋がって、きつく抱きしめられながら揺さぶられる。汗が滲むシリルの広い背中にしがみつき、レヴィは淫《みだ》らに鳴いた。

「シリルさま、シリルさま、きもち、い、いい、です、いいっ」

「ああ、レヴィ、愛している……っ」

「ひ、ああっ！」

ぐぐっと体重をかけられ、先端がさらに奥へと入りこんでくる。そんな深い場所を暴かれたのははじめてだ。恐ろしいほどの快感に惑乱し、レヴィは火照《ほて》った頬を涙で濡らした。

「こわ、こわい、シリルさまぁ」

怖いのに、屹立を包む粘膜は吸いつくように蠕動しているのがわかる。蕩けるような快楽が、レヴィをぐずぐずにした。理性を完全になくしたレヴィは、無意識のうちに両足をシリルの腰に絡める。右足首の痛みなど、とうに消えていた。自分の方へと引き寄せて、もっと奥を突いてくれとねだった。

「くっ、レヴィ……！」

シリルの動きがいっそう激しくなる。首筋にかかる熱い吐息にすら感じて、レヴィは後頭部を寝台に擦《こす》りつけるようにしてのけ反《ぞ》った。

「死んじゃう、ああ、もうだめ、だめ、シリルさまぁ、あーっ」

腰が砕《くだ》けそうな快感の中、レヴィは絶頂に駆け上がる。体内の剛直をぎゅうっと締めつけてしまい、それにも感じて立て続けに達した。

「レヴィ、レヴィ！」

腹の奥で熱いものが弾けた。断続的に、大量の体液を放ちながらも、シリルは動きをとめない。粘膜に体液を擦りつけ、わざとかき回すようにされて、レヴィはまたいった。

「ああ、レヴィ……そんなふうにされたら、一度では終われなくなってしまう」

シリルがレヴィの涙を唇で吸い取ってくれながら、甘い声音で囁いてくる。意識が飛びそうになっていたレヴィだが、胸を喘がせて息をつぎ、シリルに微笑んだ。

「シリルさま……、もっと、してくれるの……？」

うっ、とシリルが喉を詰まらせる。繋がったままの性器が、ドクンと反応したのが伝わってきた。レヴィはもうくたくたに疲れていたけれど、自分以上にシリルがほしがってくれていることが嬉しくて、できるだけ応《こた》えたいと思ってしまう。

「……いいのか？」

「はい、いいです」

挿入《そうにゅう》したままで体勢を変え、横臥《おうが》して背中から抱きしめられる格好になった。ゆっくりと後ろから尻を揺さぶられ、とろとろと半分眠りながら奥を突かれる。緩《ゆる》やかに高ぶっていく官能に身を浸し、「奥にたくさん出して」とねだった。

「レヴィ！」

痛いほどに抱きしめられながら、望んだとおりに注いでもらう。あまりの幸せにうっとりと目を閉じたレヴィは、いつしかそのまま眠りの世界に入っていった。

◇

アランとエリアスがオーウェル家にやってきたのは、墓地で襲撃されてから五日後のことだった。

一階の応接室で、アゼルとランドールも同席し、シリルとレヴィは事件の報告を受けた。

「ソーウェル村でシリルたちを襲ったのは、一ヵ月まえにレヴィを誘拐した集団の残党だと確

認が取れた。ただし全員ではない。十一人のうち三人が残党で、あとの八人はおまえたちを襲撃するために金で雇われたならず者たちだった」

アランの説明を、エリアスが引き継ぐ。

「コーツ王国では、主犯と思われるナイジェルの裁判がはじまったそうです。ナイジェルはほぼ罪を認めているようなので、どこかへ幽閉《ゆうへい》されて残りの人生を孤独に過ごすことになるでしょう」

エリアスは自分の甥が犯した罪を、ひどく気に病んでいるようだ。となりに座るアランが、さりげなくエリアスの細い肩に触れている。二人の強い絆が感じられた。シリルはアランの包容力に憧憬を抱かずにはいられない。

アゼルの話を聞くまで、ずっと口うるさい親戚の親父くらいにしか思っていなかった。エリアスほどの人がどうしてアランの伴侶になっているのか、疑問に思っていたくらいだ。シリルは無知な子供だったと反省している。

「兄のルーファス王は、二度と今回のような事件を起こさないために、国民に竜人族に関する教育を徹底《てってい》させることに決めました」

「教育？」

意味がわからなくて、シリルは首を捻った。

「コーツ王国では、竜人族の特徴について、あまり広く知れ渡っていないのです。私の父である前王が国を滅ぼしかねないほど竜に執着した経験から、あえて情報を遮断《しゃだん》していました。竜のことなど知らない方がいい、と。そのせいで、ナイジェルは竜を『人が使役できる猛獣《もうじゅう》』と認識していたのです」

「そんなわけないって」

アランが鼻で笑う。エリアスが苦笑し、「そんなわけがありません」と頷く。

「今後、第二第三のナイジェルを出さないためにも、正しい知識を教えていく必要があると、ルーファス王は判断しました。竜人は高い知能を持ち、確固たる意志があり、信頼関係によってしか動かない、という点を最重要項目で盛りこむということです」

コーツ王国の国王ルーファスは、賢明な人物らしい。サルゼード王国との友好関係は、これからも変わりなく続く。

一通りの話が終わると、お茶会となった。ランドールとアランが軍規の見直しについて意見交換をはじめたので、シリルはそちらからは意識を逸らす。将来の幹部候補と言われているシリルだが、現在は一個小隊を持つ騎士でしかない。シリルが頭に入れておいた方がいい情報ならば、ランドールが後日話してくれるだろう。未熟だと自覚したシリルは、謙虚《けんきょ》な姿勢で心身ともに鍛錬を重ねていく決意を固めたばかりだ。

「あの、王立音楽学院って、どういうところですか？」

レヴィが緊張のあまり頬を赤らめながらエリアスに質問している。

アゼルにオーウェル家の管理を学ぶかたわら、学校に通ってはどうかと提案したのはシリルだ。レヴィはまだ十七歳。アゼルの助言から本に馴染むことを覚えたレヴィは、意欲的にさまざまなことを勉強しようとしている。

もちろん屋敷に家庭教師を招くこともできる。けれどレヴィの歌の才能を伸ばしながら、年齢が近い若者たちと純粋《じゅんすい》に学校生活を楽しむことは、これからの長い人生において有意義な経験になるのではないかと思うのだ。

シリルは九歳まで家庭教師に学び、十歳から士官学校の幼年部に入った。そこで幼馴染みのフリップとともに集団生活を経験し、心身を鍛えて剣技を身につけ、信頼できる友人を何人かつくった。第二王子リンフォードとも出会った。教師は厳しく、特別扱いのシリルを妬《ねた》んだ者からの嫌がらせもあったが、きちんとやり返した。いまとなってはそれもいい思い出だ。

レヴィは十歳で両親を亡くし、辛い孤児院生活を送った。楽しい思い出をつくってもらいたい。もちろん、愛するレヴィが外の広い世界を知って、シリルの知らない者たちと交流を深めることが心配ではある。悪い虫が寄ってこないよう、護衛役を任せそうな学生を探すとか、なにか策を講じないといけないだろう。

「音楽学院は十二歳から入学資格があり、上は何歳でもいいんです。年に二回実施される入学試験で、音楽に対する情熱を話してもらったり、得意な楽器の演奏や歌を聞かせてもらったりして、合否を決定します」

「試験があるんですね」

レヴィが目を丸くして、不安そうな表情をする。

「試験といっても、それほど大袈裟《おおげさ》なものではないんですよ」

エリアスが宥めてくれて、レヴィはちいさく頷く。

「そういえば、シリル」

アランがこちらの会話に首を突っ込んできた。ニヤニヤといやらしい笑みを浮かべている。

「あらためてレヴィと旅行の計画を立てるんだって？　着替えはたくさん持って行けよ。また暴走して竜体になっちまったら、素っ裸で帰って来なくちゃならなくなるからな」

あははは、と下品な笑い声を浴びせられ、シリルは顔が引きつりそうになった。前言は撤《てっ》回《かい》だ。アランは尊敬に値《あたい》しない。傷口に塩を塗りこむ発言に、しかしシリルはなにも言い返せなかった。暴走して各方面に多大な迷惑をかけたのは事実だからだ。

代わりにエリアスが怒ってくれた。

「アラン、あなたにそんなことを言う資格はありませんよ。かつて私の故国で盛大な暴走をやらかしたじゃないですか」

「おまえ、そんな二十数年もまえのことをいまさら言うな」

「たとえ二十数年もまえのことでも、まだまだ覚えている人はたくさんいますからね」

「あれはだって、おまえに矢が……」

そこまで言いかけて、アランが口を閉じる。ソファの肘掛《ひじか》けに置かれたアランの手が、ぐっと握りこまれた。なにかに耐えるように。

アランとエリアスがこの国にやって来ることになった経緯をシリルは詳しく知らない。なんとなく聞いてはいけない大人の事情があるのだろうと、子供ながらに察していたからだ。

しかしシリルはもう大人になったし、軍の一員だ。そして今回、シリルとレヴィは図らずもコーツ王国と関わってしまった。あとでアゼルに聞こう、と決めた。

「シリルはレヴィが斬られたと思って我を失ったんです。茶化してはいけません。ましてや、あなたが」

「わかったよ」

アランがふて腐れたように俯いた。仕切り直しとばかりに、エリアスが笑顔をレヴィに向ける。懐から横笛を取り出した。

「レヴィ、今日は笛を持参してきました。私の笛と合わせてみませんか」

「ええっ、エリアスさまと？　ここで？」

びっくりするあまり立ち上がったレヴィを、アゼルとランドールが期待の目で見る。

「ぜひ聞かせてくれ」

ランドールが中腰になって懇願《こんがん》すれば、アゼルはサッと動いてソファを移動させる。演奏場所を作ろうとしていた。おろおろするレヴィに、シリルは声をかけた。

「私も聞きたい。やってごらん」

「でもぼく、笛と合わせたことなんてない……」

「大聖堂でオルガンと合わせたことはあるだろう。なにごともはじめてはある。ここにいる人たちは、みんなレヴィの味方だ。多少失敗しようが、大絶賛はまちがいない」

「大絶賛……」

一瞬ぽかんとしたレヴィだが、くすくすと笑い出した。

「そうですね。そうかもしれません」

「気楽にやってごらん」

はい、とレヴィが頷く。可愛い。人目がなければ抱きしめてくちづけて励ましたいところだが、自制した。

「賛美歌が得意だと聞きましたけど」

「得意というか、賛美歌しか知らないので」

「では、これは知っていますか？」

エリアスが一節を奏《かな》でた。「わかります」とレヴィが答え、急ごしらえの場所で演奏がはじまった。短い前奏のあと、エリアスに目で合図されて、レヴィが歌い出す。

細く高く、繊細《せんさい》な歌声が部屋いっぱいに広がった。清らかな響きは賛美歌にふさわしい。聴く者の心を洗い清め、昇華させる力を秘めているようだった。

目を閉じると教会にいるような錯覚《さっかく》に陥る。ステンドグラスから差しこむ七色の光。静謐《せいひつ》な空気。一心に神に祈る信者たち。

（ああ、やはりレヴィの歌は素晴らしい……）

シリルは陶然と聴き入る。毎日でも聴きたい。いや一日中でも聴いていたいほどだ。

経験豊富なエリアスが、レヴィを上手に歌わせているのがわかる。とても気持ちよく歌っているレヴィは、楽しそうだった。

最後の一音が消えたあと、しばらくだれも動けなかった。シリルが拍手すると、夢から覚めたようにアゼルとアランも拍手して二人を讃えた。ランドールは感動のあまりか、なんと泣いていた。「レヴィはウチの子だ。だれにもやらん」と、わけのわからないことを言っている。

「もう、ウチの子ですよ」

呆れたような顔のアゼルに宥められた。

「レヴィ、とてもいい声でしたし、笛と合わせるのがはじめてと思えないほど、よく歌えていました。これだけできれば、じゅうぶん試験に合格できると思いますよ。私としては、ぜひ学院で学んでもらって、いろいろな歌を覚えてほしいです」

エリアスに太鼓判《たいこばん》を押されて、レヴィが飛び上がって喜んだ。

「シリルさま、ぼく、合格できるって！」

「よかったな」

飛びついてきたレヴィを抱きとめる。出会った頃より、確実にレヴィは重くなっていた。滋養のある食事を、一日三度しっかり取っているからだ。手足のあかぎれも消えてひさしい。この重みは、レヴィの人生の重みだ。幸福の重みでもある。

抱き上げたまま、もう人目があってもいいさ、とシリルは愛しい人にくちづけた。

「おいおい、見せつけてんじゃねぇぞ。こっちも見せつけてやろうか」

「馬鹿なことを言わないでください」

アランとエリアスの声が聞こえたが、シリルは無視した。

「レヴィ、愛している」

耳元で、もう何度目かわからない告白をする。レヴィが満面の笑みで、「ぼくもです」と囁いてくれた。驚いたことに、レヴィからもくちづけてくれる。

「はいはい、今夜はもうお開きです。シリル、レヴィ、続きは部屋に行ってやりなさい」

アゼルに応接室を追い出された。手を繋いで廊下を走り、階段を駆け上がる。シリルの部屋に入ってすぐ、もつれあうようにして寝台に倒れこんだ。

迸《ほとばし》る想いのままにくちづけて、シリルはレヴィをきつく、きつく抱きしめた。

あとがき

AFTERWORD

— 名倉和希 —

こんにちは、またははじめまして、名倉和希《なくらわき》です。

竜人シリーズ三作目「竜は無垢《むく》な歌声に恋をする」をお手にとってくださって、ありがとうございます。シリーズ既刊二冊を未読でも、過去の経緯《けいい》がわかるように書きましたが、できれば読んでくださった方がより楽しめるかと思います。

今回は白銀の竜シリルの話です。過保護にされすぎて息苦しさを抱《かか》え、ちょっとグレそうになったお坊ちゃまが、貧しさに負けず健気に生きている可愛《かわい》い子と知り合い、真実の愛を見つけた！と更生《こうせい》していく内容です。え、ちがう？　でもまあ、そういう感じの話です。

三冊目ということでシリーズの集大成的な本になりました。先輩の二カップルのその後も書けてよかったです。ランディとアゼル、アランとエリアス、それぞれ仲良くしているみたいです。私は粗野でありながらも愛情深いアランが好きです。エリアスがもうすこし年をとって王立楽団と音楽学院を定年退職したら、アランもきっと軍を辞めるでしょう。二人きりでどこか静かな場所で最期《さいご》のときまでゆっくり過ごしてほしいです。

オーウェル家はシリルが継ぎますが、そのつぎはランディの弟の家系に頼むことになると思います。すごく先のことになりそうですけど。

今回もイラストは黒田屑《くろだくず》先生にお願いしました。キャラクター紹介のページをつくってもらったのははじめてです。お忙しい中、本当にありがとうございました。

今年の夏も暑かったですね。二十年前、名古屋の酷暑《こくしょ》から逃げるために信州へ移住したのに、十年くらい前からじょじょに夏の暑さが酷《ひど》くなってきて、去年あたりからエアコンがフル稼働です。それでも夜は涼しくなるのでエアコンを切ることができ、体調はまずまず。原稿が滞ることはありませんでした。

このクソ暑い中、コロナウィルスだけは元気いっぱいのようで、もうどうすんのよ、とニュースを見るたびに投げやりになります。でも諦《あきら》めたらダメなんですよね、きっと。外出時のマスクと手洗いだけは毎日きっちりやっています。

そんな疲れる日々の心の潤《うるお》いは、そう、ＢＬ。最低でも一日一冊は読みたいのですが、仕事に忙殺されているとそんな暇《ひま》がない。でも買う。だから積ん読本がたまる。読みたくて読みたくて逆にストレスが溜まることもあります。一ヵ月くらいのまとまった休暇を取って、雰囲気のいい温泉宿で衣食住の世話をしてもらいながらＢＬ三昧《ざんまい》したい！　それが私の夢っす。ああ……。

それでは、またどこかでお会いしましょう。

名倉和希

ランドールとシリルくん

あとがき／黒田屑

この本を読んでのご意見、ご感想などをお寄せください。
名倉和希先生・黒田 屑先生へのはげましのおたよりもお待ちしております。

〒113-0024　東京都文京区西片2-19-18　新書館
[編集部へのご意見・ご感想] ディアプラス編集部「竜は無垢な歌声に恋をする」係
[先生方へのおたより] ディアプラス編集部気付　〇〇先生

-初出-
竜は無垢な歌声に恋をする：小説DEAR+21年フユ号（vol.80）
竜たちは愛を育む：書き下ろし

[りゅうはむくなうたごえにこいをする]
竜は無垢な歌声に恋をする

著者：名倉和希 なくら・わき

初版発行：2021年9月25日

発行所：株式会社 新書館
[編集] 〒113-0024
東京都文京区西片2-19-18　電話（03）3811-2631
[営業] 〒174-0043
東京都板橋区坂下1-22-14　電話（03）5970-3840
[URL] https://www.shinshokan.co.jp/

印刷・製本：株式会社光邦

ISBN978-4-403-52537-7 ©Waki NAKURA 2021 Printed in Japan